負けヒロインが多すぎる！

vol 7

雨森たきび
ILLUST. いみぎむる

「キスすると……
お嫁さんに……なるの？」
チャペルにて

「っ?!」

猫派なカノジョ

「……脱がして」
八奈見ちゃん大ピンチ

CONTENTS

Too Many LOSING Heroines

Too Many
LOSIN
Heroine
AMAMORI TAKIBI
presents
Illustration by
IMIGIMURU
雨森たきび
ILLUST. いみぎむる
負けヒロインが多すぎる!
vol 7

登場人物紹介

Too Many
Loosing
Heroins!

温水和彦《ぬくみず・かずひこ》・・・・・・・高校2年生。達観ぼっちな少年。文芸部の部長。

八奈見杏菜《やなみ・あんな》・・・・・高校2年生。明るい食いしん坊女子。

小鞠知花《こまり・ちか》・・・・・・・高校2年生。文芸部の副部長。腐ってる。

焼塩檸檬《やきしお・れもん》・・・・・・高校2年生。陸上部エースの元気女子。

温水佳樹《ぬくみず・かじゅ》・・・・・・中学3年生。全てをこなすパーフェクト妹。

月之木古都《つきのき・こと》・・・・元・文芸部の副部長。腐ってる。

志喜屋夢子《しきや・ゆめこ》・・・・・高校3年生。生徒会書記。歩く屍系ギャル。

玉木慎太郎《たまき・しんたろう》・・・・・元・文芸部の部長。

綾野光希《あやの・みつき》・・・・・・・高校2年生。本を愛するインテリ男子。

朝雲千早《あさぐも・ちはや》・・・・・・・高校2年生。綾野のカノジョ。

姫宮華恋《ひめみや・かれん》・・・・・・・高校2年生。圧倒的な正ヒロインの風格。

馬剃天愛星《ばそり・てぃあら》・・・・・高校2年生。生徒会副会長。

放虎原ひばり《ほうこばる・ひばり》・・・・高校3年生。生徒会長。

小抜小夜《こぬき・さよ》・・・・・・・養護教諭。無駄に色っぽい。

甘夏古奈美《あまなつ・こなみ》・・・・・2—Cの担任。ちっちゃ可愛い世界史教師。

権藤アサミ《ごんどう・あさみ》・・・・・中学3年生。高身長で、佳樹の親友。

桜井弘人《さくらい・ひろと》・・・・・・・高校2年生。生徒会会計。

白玉リコ《しらたま・りこ》・・・・・・・高校1年生。あざと可愛い後輩。

県立ツワブキ高校の体育館。

ステージの上で、俺は数百の視線に晒《さら》されていた。

そう、新入生オリエンテーションの部活紹介がおこなわれているのだ。

俺は八奈見《やなみ》と小鞠《こまり》に左右をはさまれ、マイクスタンドの前でゴクリとツバを飲みこむ。

「えっとその、文芸部は本を読んだり……なんか書いたりもしてます」

体育座りをした新入生たちは、説明に真剣に耳をかたむけている。

無反応という解釈《かいしゃく》もあるが、なにしろツワブキ生は真面目で上品なのだ。リアクションがなくても心配することはない。

さあ、次は小鞠の番だ。俺は隣で指をこねくり回す小鞠に視線を送る。

文芸部の副部長でもある小鞠は、こう見えて色々あって成長したのだ。

小鞠はコクリと小さく頷《うなず》くと——俺の背中に隠《かく》れた。

成長していなかった。

「おい、次はお前のセリフだぞ」

「……ま、任せた」

俺の上着をつかんで、小刻《こきざ》みに震《ふる》える小鞠。

仕方ない、これも予想の範囲内だ。俺は咳払《せきばら》いをして言葉を続ける。

「えーと、文豪《ぶんごう》になろうに投稿したり部誌を作ったりもしてます」

2ターン目も華麗《かれい》にクリア。

残るは文芸部の秘密兵器、できれば秘密にしておきたかった女、八奈見杏菜《やなみあんな》の出番だ。

八奈見は緊張気味にポケットから紙片《しへん》を取りだすと、ゆっくりと読み始める。

「そばドック——星5。焼きそばがたくさん挟《はさ》んであるのでお勧《すす》めです。おぐらサンド——星5。安くてあんこがたくさんなのでお勧めです。生クリームパンは——」

……いきなりどうした。

「ちょっと八奈見さん、なに読んでるの？」

「へ？」

八奈見は目をパチクリさせると、慌ててポケットを探りだす。

「ごめん間違えた！　温水《ぬくみず》君、原稿《げんこう》どこやった？」

「俺に聞かれても。あ、ほらゴミを落とさない」

八奈見のポケットから、お菓子の包み紙がポロポロ落ちる。

まさかの八奈見『意外とあがり症』発覚だ。

焦《あせ》ってゴミを拾い集めていた俺は——不穏《ふおん》な気配を感じて視線を上げた。

……ステージの舞台袖《そで》に不審人物がいる。

陸上のユニフォームに身を包んだ女生徒が、頭から紙袋をかぶってこちらを見て（？）いるのだ。ていうか焼塩《やきしお》、なにやってんだ。

焼塩は軽く屈伸《くっしん》すると、クラウチングスタートの体勢《たいせい》になる。

え、待て。その格好で出てくるつもりか？

紙袋に穴が開いてないから多分前も見えていないし、向いてる方向からしてなんかもうズレてるし、惨劇《さんげき》の予感しかない。

「焼塩、待――」

俺の言葉がスタートの合図とばかりに、焼塩が一気に飛び出した。

マイクの前で急停止して、文芸部の紹介を――するつもりだったのだろう。

だが視界０の焼塩は突っこんでくると、俺たちともつれるようにステージに転がった。

悲鳴が体育館に響き渡る。

吹き飛ばされてステージに横たわる俺の前に、バタンとマイクスタンドが倒れてくる。

俺は手を伸ばしてマイクをつかむと、なんとか声をしぼりだした。

「放課後は西校舎１階の部室で、なんかやってます！　来てください！」

……キィンと鳴り響くハウリング音がおさまると、体育館は静まりかえっている。

なるほど今年の新入生は――実に上品だ。

～1敗目～　2年C組　温水和彦《ぬくみずかずひこ》

悪夢の新入生オリエンテーションから1週間。

本日の授業はすべて終わり、あとはHRが始まるのを待つだけだ。

……さて、放課後は部室に行かないとな。

部活の新歓《しんかん》シーズンもそろそろ終盤《しゅうばん》。そう、終盤なのだ。

「本格的にまずい……」

無意識に口に出すと、ようやく見慣《みな》れた天井を仰《あお》ぐ。

文芸部の見学者は現在0名。そして部活の見学期間は——今日で最後だ。

「どうした、顔色悪いぞ」

「部活の新歓が、ちょっと上手《うま》くいってなくてさ」

俺に声をかけてきたのは綾野光希《あやのみつき》。かつて焼塩《やきしお》と色々あったが、なにもなかった鈍感《どんかん》男。

「まあ、オリエンテーションの一件は話題になったからね」

言いながら綾野の横に並ぶ小柄な男子は、可愛《かわい》い系男子の生徒会会計。桜井弘人《さくらいひろと》。

2年生に進級して、二人ともクラスメイトになったのだ。

「話題になったって、どんな意味で……？」

「うん、悪い意味じゃないよ。心配しないで」

弱った時には優しい嘘《うそ》が身に染みる。桜井君はいいやつだが、見学者0名という現実が変わるわけではない。

「だけど五人いないと廃部になるんだ。どうにかしないと」

「あれ、去年は部員が四人の時期もあったんじゃないか？」

不思議そうにたずねる綾野に、俺に代わって桜井君が答える。

「1年生が一人でもいれば廃部は猶予《ゆうよ》されるんだ。入部したはいいけど、人数足りなくて廃部になったら可哀《かわい》そうだしね」

とはいえ、文芸部が廃部をまぬがれるには新入部員が必要なことに変わりはない。

追い詰められたこの状況。責任の一端はあいつらにもあるはずだ――。

教室の反対側に視線を送ると、そこには八奈見《やなみ》と小鞠《こまり》の姿。

八奈見は座った小鞠に二人羽織《ににんばおり》のようにのしかかりながら、同じくクラスメイトの姫宮華恋《ひめみやかれん》と楽しそうに話している。

間に挟《はさ》まった小鞠はとても楽しそうには見えないが、新学期当時は逆立っていた髪の毛も、最近は落ち着き気味だ。

金魚を飼うにも水をあわせる必要があると聞くし、ようやく環境に慣れてきたのだろう。

――そして焼塩とはクラスが分かれた。

教室でそんなに話すわけではなかったが、なんとなく物足りなさを感じるのは否定できない。

1年生の終わり。退部をかけた100mの一本勝負。

どこまで焼塩《やきしお》の気持ちに寄り添《そ》えたか分からないけど、あの日を境に焼塩の瞳から迷いが消えた。それだけは俺にも分かる――。

頭越しの綾野《あやの》たちの会話をボンヤリ聞いていると、教室の扉が開いた。

2－C担任。ツワブキ高校社会科教諭、甘夏古奈美《あまなつこなみ》だ。正直ちょっと見飽きた。

甘夏先生は教壇《きょうだん》に上がると、パンパンと手を打ち鳴らす。

「おーい、早く座れー。サクサクいくぞー」

もう慣れ始めたのか、ダラダラと席に戻るクラスの連中。

甘夏先生が不機嫌そうに説教を始め――たりはしない。最近の先生は機嫌がいいのだ。

連絡事項を黒板に書き終えると、先生は教卓《きょうたく》に向きなおる。

「ここんとこ色々あってな。先生、公私ともに大いそがしなんだ」

もったいぶるように言葉を切ると、ニヤニヤ顔で俺たちを見回す。

「いやー、先生もまだまだ捨てたもんじゃないな。引く手あまた……ってやつ？　先生は一人しかいないのに、まいったなー」

喜びを抑《おさ》えきれないのか、教卓をペシペシ叩《たた》く甘夏先生。

ここ最近の断片的な情報を繋ぎあわせると、要するに先生にモテ期がきたらしい。

「頼んでもないのに『いいね』をたくさん付けてくれるけど、先生そんな軽い女じゃないからなー。勘違いするなよー」

……それ、マッチングアプリというやつじゃないだろうか。

大丈夫か。使いこなせるのか甘夏古奈美。

ハラハラして見守る2－C一同に気付いているのか否か、甘夏先生は笑顔のまま教卓に出席簿をターンと叩きつける。

「それじゃ今日はこれでおしまい！　気をつけて帰れよー」

◇

放課後の部室はアンニュイな雰囲気に支配されていた。

小鞠《こまり》は虚《うつ》ろな瞳で本棚を眺めているし、八奈見《やなみ》はスマホでバターが溶ける動画をエンドレスで見つめている。

見学者が来ない焦《あせ》りから一周し、半ばあきらめ気味な倦怠感《けんたいかん》に包まれているのだ。

……これはいけない。俺は表情を引き締めると、椅子《いす》から立ちあがる。

「みんな、気合いを入れていこう。今日こそ見学者が来ると思うんだ」

俺の言葉に、八奈見が溜息まじりに顔を上げる。

「そうは言うけどさ、今日で見学期間は最後でしょ？　これまで0人なのに、今日になって来るわけないじゃん」

「いや、むしろ逆だ。今日は最後のチャンスなんだよ」

「チャ、チャンス……？」

小鞠《こまり》が疑《うたが》わしげな視線を向けてくる。

「文芸部に興味がある生徒なんて、人見知りの陰キャに決まってるだろ？　そんな新入生があのオリエンテーションを見れば、見学に二の足を踏むのは当然だ」

自分で言ってて心が痛い。あの日の光景は、いまでも夢でうなされるのだ。

「ただ、本気の入部希望者なら最終日に勇気を振りしぼって見学にくるに違いない。そこを逃《のが》さずゲットするんだ」

「見学期間すぎても、入部したかったらいつでもこれるでしょ。なんでわざわざ、最終日に来るのよ」

おや、八奈見《やなみ》はなにも分かってないな。

俺と小鞠は顔を見合わせて、ヤレヤレと肩をすくめる。

「いいか、俺や小鞠みたいな人見知りの陰キャは公式の見学期間を逃したが最後、気後れして部室に足を踏み入れるなんて不可能だ。俺たちにとって世界のすべてはアウェーなんだ」

「世界はそんなにつらくないよ……？」

そうかな。八奈見を見てると、わりとつらそうだが。

「ぬ、温水《ぬくみず》、アレを出したら、どうだ」

「そうか、こんな時こそアレの出番だな」

俺は本棚の上の段ボールを下ろすと、中に隠《かく》していた箱を取りだす。

「お亀堂《かめどう》の亀最中《もなか》じゃん！　めっちゃ美味《おい》しいやつ！」

「ああ、先輩たちが新歓用にって置いてってくれたんだ。見学者用だから食べちゃダメだよ」

「……あれ。そういえばなんで最中をそんなトコに隠してたの？」

理由を言う必要はあるのだろうか。俺はないと思う。

俺は黙って小鞠に箱を渡す。と、小鞠が困ったような顔をした。

「こ、これ、賞味期限、切れてる」

へ？　それじゃ見学者に出せないぞ。落胆《らくたん》していると、八奈見が小鞠から箱を奪い取る。

「八奈見さん、それ賞味期限切れてるんだけど」

「温水君、まだ賞味期限とか信じてるの？」

……八奈見がまた変なこと言いだした。

「賞味期限って信じるとか信じないとか、そういう問題だっけ」

「賞味期限って『味』って言葉が入ってるでしょ？　つまり美味しければ、賞味期限なんて意味がないんだよ」

八奈見《やなみ》はドヤ顔で亀最中《もなか》にかじりつく。

「うん、美味《おい》しい。はい、みんなもお食べ」

こうなると逆らってもムダだ。勧められるまま三人で最中を食べていると、スマホから歴史的サメ映画のＢＧＭが流れだす。

この着信音は文芸部顧問――小抜小夜《こぬきさよ》だ。

スマホを見ると、通知画面に『部長さん、保健室にいらっしゃい♡』のメッセージ。

……行きたくないな。

どうやってスルーするか考えていると、小鞠《こまり》が横からスマホをのぞきこんでくる。

「ど、どうした」

「小抜先生に呼びだされたんだ。ええと、俺は忙《いそが》しいから代わりに行ってくれないか？」

「うえ……や、やだ」

うん、俺もヤダ。八奈見が４つ目の最中を開封しながら、首をかしげる。

「ひょっとして、廃部の通告とかじゃないよね」

「「?!」」

思わず飛び上がる俺と小鞠。八奈見はお茶をすすると、幸せそうに溜息をつく。

「だって、新入部員がいないと廃部なんでしょ？　オフィシャルな新歓期間は今日までだし、先生から一言あっても不思議じゃないよ」

八奈見にしては筋が通っている。

不安そうにオロオロしている小鞠の様子に、俺はあきらめて肩を落とす。

保健室、行くしかない。だけど行きたくないなあ……。

◇

新入生のみんなには、ツワブキ高校保健室での作法を覚えてほしい。

入室してまず最初にすることは、灯りをつけてカーテンを開けることだ。

火は危ないのでキャンドルは消し、ムーディーな間接照明のスイッチも切る。その際に物陰にカメラがないか確認するのが望ましい。

小抜先生と話をする際には第三者に立ち会ってもらうか、難しければ出入口側に座り、テーブルを挟むなどして障害物を間に置く。

そうまでして、ようやく安心して先生と向き合えるのだ――。


「ハーブティ、冷めないうちにどうぞ」

恐る恐る座った俺の前に、小抜先生がティーカップを置いた。

「あ、どうも。それでなんの用でしょうか」

「あら、用がなければ呼んじゃだめなのかしら」

「ええまあ、いそがしいので」

俺はひと口お茶を飲む。

「相変わらずつれないわね。ハーブティーちゃんと飲んだ？　薬が効きにくい体質とか言われたことない？」

「……このお茶、なんか入ってませんよね？」

小抜《こぬき》先生は無言でニコリと微笑《ほほえ》む。よし、帰ろう。

席を立とうとする俺に、小抜先生が長い人差し指を向けてくる。

「――じゃあ新歓の話をしましょうか」

っ！　ついにきたか。俺はゆっくり座り直すと、呼吸を整える。

神妙《しんみょう》な俺の様子を見て、小抜先生が静かに口を開く。

「文芸部、今年の状況はどうかしら」

「えっと、それは……」

言葉が詰まる俺の耳に飛び込んできたのは、思いがけないものだった。

「よければだけど、部員候補を紹介したいの」

へっ、部員候補!?

あまりに都合のいい展開に、俺は思わず立ちあがる。

「助かります！　どんな人でも入部さえしてくれれば――」

「本当？　そう言ってもらえると先生も気が楽になるわ」

「……すいません、ちょっと考えていいですか？」

都合のいい展開――ではないかもしんない。

背に腹は代えられないとはいえ、安請《やすう》け合いは危険だ。

「ええと、どうしてその人を文芸部に？　話しぶりからすると、うちに興味があるわけじゃなさそうだし」

「その子、少しクラスになじめなくてね。本当は私が面倒をみたいんだけど、ちょっと事情があるの」

「事情、ですか」

小抜先生は開きかけた口を一度閉じ、迷いながら言葉を繋《つな》ぐ。

「友人の妹さんで、私も前からよく知ってるのよ。その友人も高校教師だし、かえって特別扱いができないから――君たちに面倒を見てもらえたらなって」

……そういう事情があったのか。

養護教諭として、問題を抱えた生徒に寄り添《そ》いたい気持ちに嘘《うそ》はないのだろう。

だが、知り合いとなれば簡単にはいかないし、下手をすればかえってその本人にも悪い噂《うわさ》が立つかもしれない。

それはそうと小抜《こぬき》先生の友達……友達か……。

「先生。その友人って、もしかして……？」

「安心して。私、男友達はいないの。理由は聞きたい？」

「あ、大丈夫です」

聞きだした話によると、その友人は小抜先生と同じ大学の出身。

後輩だが甘夏《あまなつ》先生と三人で、よくつるんでいたらしい。

そして部員候補はその妹、1年生の白玉《しらたま》リコ。

入学以来、クラスで孤立《こりつ》しているようなので、心配して文芸部に紹介したいとのことだ。

「本当にいいんですか。うちの部員って、あまり一般的でないというか……」

「あら、私はみんなを信用してるわ。それと彼女、温水《ぬくみず》君に似てるところがあるから」

俺に？　小抜先生はカップを手にとると、お茶の香りを嗅ぐ。

「リコちゃんって――すっごくシスコンなの。それで最近、ちょっと問題を起こしてね」

「……俺はシスコンではないですが？」

小抜先生は俺のツッコミを笑顔で流す。

「君も妹さんがお兄ちゃんっ子だと聞いてるわ。リコちゃんの気持ちを分かってあげられるんじゃないかなって」

「まあ……うちの妹のことなら、少しは分かりますが」

よくは分からんが、世の妹が兄離れ姉離れをするには色々あるんだろう。多分。

「分かりました。じゃあ明日にでも部室で会ってみようと思います」

連絡先のメモを受け取りながらそう言うと、小抜先生がゆっくりと首を横に振る。

「その子いま停学中だから、学校には来ていないの。直接、会いに行ってくれないかしら」

「……やっぱりもう一度考えていいですか」

連絡先を返そうと手を差しだす。

小抜先生は俺の手を両手で優しく包みこむと、ハッキリと首を横に振った。

◇

翌日の放課後。俺と八奈見《やなみ》はツワブキ高校から自転車で約20分、南《なん》ジャスことイオン豊橋《とよはし》南店のフードコートにいた。

わざわざ豊橋駅とは反対側のここに来たのは他でもない。停学中の白玉さんと面会をするために待ち合わせをしているのだ。ちなみに小鞠《こまり》は逃げた。

八奈見は俺の隣でテーブルに片肘《かたひじ》をついたまま、スマホから顔を上げる。

「ねえ温水《ぬくみず》君、南ジャスの『ジャス』ってなに?」

「俺たちが物心つく前、ここはジャスコという名前だったらしい。その名残《なごり》だな」

「あー、私のおばあちゃんがアピタのことユニーって言うようなもんか」

「なにそれ」

「分かんないけど、そんなんあったんだって」

きっと20世紀とか昭和とか、そんな前時代の話だろう。

とりとめのない会話をしながら視線をめぐらす。

夕方のフードコートには寄り道の学生が多いが、ツワブキ生の姿は見えない。

「白玉《しらたま》ちゃんって制服で来るんだよね? どんな子だろ」

「そりゃ入学早々、停学食らうような1年だぞ。武闘派《ぶとうは》に違いない」

八奈見《やなみ》は腕組みをすると、得たりとばかりに頷《うなず》く。

「だね、きっとスケバンってやつだよ。チェーンとか振り回すやつ」

「この時代、そんなのいる?」

なんか怖くなってきたぞ。いざとなったら俺だけでも逃げないと……。

逃走経路を頭の中で確認していると、
ピッピピッピー　ピッピピッピー

唐突《とうとつ》に鳴り響く電子音。

「温水君、ちょっと待ってて！」

八奈見が白い呼び出し機を握《にぎ》りしめて立ちあがる。

え、いつの間に注文したんだ。

意気揚々《いきようよう》と両手にトレイを持って戻ってきた八奈見が、俺の前に一つを置く。

湯気《ゆげ》を上げているのは白い和風とんこつスープ。スガキヤのラーメンだ。

隣に座り直した八奈見は、フォークとスプーンが融合《ゆうごう》した独特のラーメンフォークを器用に扱いながら麵《めん》をすすりこむ。

「ええと、なんでいきなり俺の分もラーメンを」

「温水君、フードコートで注文せずに座るなんてギルティだよ？　それに小抜《こぬき》先生が、みんなでお茶でも飲みなさいってお金くれたしね」

「先生、お茶って言ったんだよね？　これ、ラーメンじゃない？」

「汁物だし、似たようなモノでしょ」

八奈見にとってはお茶かもしれんが、俺にとってはラーメンだ。

しかたなく箸を手に取ると、八奈見が俺の肩をポンポンと叩いてくる。

「あの子じゃない？　ツワブキの制服着てるよ」

言って、ちゅるりと麺《めん》を吸いこむ。

八奈見《やなみ》の視線を追うと、フードコートの外で、小柄なツワブキ女子がキョロキョロと辺りを見回している。

背丈は八奈見と同じくらいだが、華奢《きゃしゃ》な身体《からだ》と細い足。肩より少し長い髪は、サラサラとしたストレートヘアで、遠目から見ると、まるでお人形さんのようだ。

あの子、可愛《かわい》くないか。いや、相当可愛いぞ。

まさかあの子が停学をくらうような暴れん坊だというのか……？

ツワブキ女子は、俺たちの姿を見るとホッとしたように表情を緩《ゆる》めた。

その子はフードコートを出ていく他校生の集団を、不器用に避けながらこちらに来ようとするが——流れに押されてなんだか遠ざかっていく。

「……温水《ぬくみず》君、あれ大丈夫かな」

明らかに無関係な集団と去っていくツワブキ女子。多分、大丈夫じゃない。

最後は八奈見に手を引かれて連れてこられたその子は、目をくるくる回しながらペタリと椅《い》子《す》に座り込む。この子、東京とかには絶対住めないぞ。

「えーと、大丈夫ですか」

「は、はい。すいません、わざわざ来ていただいて」

白玉《しらたま》さんはペコリと頭を下げる。

「私、1－Fの白玉リコです」

「俺は部長の温水で、こっちは──」

「八奈見先輩ですね。先ほどはありがとうございました」

再び頭をさげる白玉さん。メンマを口に入れながら親指を立てる八奈見。

……俺はさり気なく相手を観察する。

なんというかフワフワした女の子らしい女の子で、近くで見るとやっぱり可愛い。

周りにも顔のいい女はいるが、守ってあげたくなるオーラは圧勝といってもいい。

人畜無害《じんちくむがい》そうなこの子が、一体なにをしでかしたんだ。守ってあげないと。

「あー、小抜《こぬき》先生から話を聞いたんだけど」

「あ、はい。しばらく文芸部に出入りさせてもらいなさいって」

そう言って、上目遣いで俺の瞳を見つめてくる。

「私、小説のこととかよく分からないんですけど、ご迷惑じゃないですか？」

「それは気にしなくても──」

「まあ最初はちょっと大変かもねー。私も苦労したけど、慣れじゃないかな、慣れ」

突然吹き荒れる先輩風。八奈見はドヤ顔でラーメンフォークをクルリと回す。

ピッピピッピー　ピッピピッピー

と、再び電子音が鳴り響く。八奈見《やなみ》は呼び出し機をかかげながら立ち上がる。

「それじゃデザートタイム——じゃない、白玉《しらたま》ちゃんの歓迎会を始めましょうか！」

◇

「——この時期は、川沿いの花だいこんの花が綺麗《きれい》なんですよ」

「へえ、そうなんだ。素敵だね」

「はい、ぜひ今度みなさんで行きましょう」

白玉さんはあんみつの最後の一口を食べ終えると、手を合わせて『ごちそうさま』と呟《つぶや》いた。

俺はそれを眺めながら、頭の中で白玉さんの話を整理する。

——彼女は姉の影響で始めた裁縫《さいほう》が趣味で、甘いもの好き。人混みが苦手だから、人気《ひとけ》のない早朝の散歩が最近のマイブームだ。

ここまでの話で判明したのは、白玉さんは可愛《かわい》いということだ。

心のノートに赤字で書きこんでいると、白玉さんが上目遣いで俺をのぞきこんでくる。

「ごめんなさい、私ばかり話しちゃって。あきれちゃいましたよね？」

「え、いや全然。むしろ話してくれて助かるというか」

「それは部長さんって話しやすいから——ですかね」

テへ、とばかりに舌をだす白玉さん。あざとい。そして可愛い。

「……温水《ぬくみず》君、クリームぜんざい溶けちゃうよ」

こいつのこと忘れてた。八奈見がデザート代わりに頼んだ2杯目のラーメンは、すでに空だ。

八奈見はコップの水を飲み干すと、カツンと音をたててトレイに置く。

「白玉ちゃんは〆《しめ》にラーメン食べなくて大丈夫？　五目ごはんもあるよ」

「はい、大丈夫です。それに私そろそろ帰らないと。家の電話に先生からの定時連絡があるんです」

……そういやこの子、停学中だったな。

白玉さんはトレイを持って立ち上がると、ぺこりと頭を下げてから食器返却口に向かう。

なんか隣の店の返却口に返そうとして、注意されてアタフタしてるぞ……。

彼女の姿が見えなくなったころ、俺はゆっくりと口を開く。

「ちょっと不安だったけど、いい子だったね。八奈見さんもそう思わない？」

器の底を凝視《ぎょうし》していた八奈見が、ジロリと剣呑《けんのん》な視線を向けてくる。

「……なんかずっと、白玉ちゃんにばかり話しかけてなかった？」

「だって彼女との顔合わせだし。八奈見さんも彼女に優しくしてあげないと」

「ふうん、やっぱ温水君、ああいうタイプの子が好きなんだ」

八奈見《やなみ》は不機嫌そうに、ラーメンフォークを俺に突きつける。

「え、どういう意味?」

「そういう意味ですが? あー、やだやだ。男って若い女が好きだよねー」

えぇ……高2が高1の若さに嫉妬《しっと》するってどんだけだ。

俺はクリームぜんざいの器を八奈見の前に置く。

「まだ手を付けてないけど食べる?」

「……食べる」

コクリと頷《うなず》く八奈見。

新しい犬をむかえる場合は旧犬にいつも以上に気をつかう必要があると、こないだ読んだ本に書いてあった。これもきっと似たようなものだろう。

面倒だなと思いつつ、俺はグラスにわずかに残った水を飲み干した。

◇

八奈見と並んで南ジャスから外に出ると、辺りは暗くなり始めていた。

「だからさー、ちょっと可愛《かわい》い新入生がきたからって、デレデレするのはどうかと思うの」

「デレデレなんてしてないって。八奈見さんって、白玉《しらたま》さんに当たりがきつくない?」

ラーメン大盛り×2、クリームぜんざい＋俺の食べかけラーメン。

総カロリーはかなりのものだが、八奈見の機嫌は一向になおらない。

八奈見は腕時計をチラ見すると、俺を置き去りにするように足を速める。

「だってあの子、停学してるんでしょ？　きっと裏があるんだよ」

「きっと誤解だって。ほら、あんな大人しくて可愛らしい子が悪いことなんてしないよ」

「可愛いのと関係ある？」

八奈見がジト目を向けてくる。

……おっと、旧犬には気をつかわないと。俺は咳払《せきばら》いをして仕切り直す。

「ええと、彼女がどうこうじゃなくてさ。八奈見さんが停学になっても、俺は信じるよ？」

「なりませんけど?!」

そうかな。いつかやらかしそうだと、わりとハラハラしてるんだが。

と、駐輪場に向かっていた八奈見が俺の上着をグイと引っ張る。

「温水《ぬくみず》君、あの車に乗ってるのって」

「え？」

八奈見の視線の先、停まっていた車の助手席の扉が勢いよく開く。

そこから降りてきたのは――白玉さんだ。

くわしい様子は分からないが、運転席の誰かと言いあらそってでもいるようだ。

なにかが決裂《けつれつ》したのだろう。彼女が足早に車から離れると、運転席からスーツ姿の男性が降りてきた。年齢不詳な雰囲気はどことなく見覚えが——。

「あれって田中《たなか》先生じゃない？」

「へ？　現国の？」

俺はスーツの男を凝視する。あのなで肩、少しくたびれた雰囲気——確かに田中先生だ。ちょくちょく文芸部のことを気にかけてくれて、文芸イベントに関するチラシをくれたこともあったっけ。

だけどなんで田中先生の車から、白玉《しらたま》さんが降りてきたんだ？

田中先生は白玉さんを追いかけたが、拒絶されたのだろう。トボトボと車に戻る。

……田中先生の車が駐車場から出ていくと、それまで黙っていた八奈見《やなみ》が口を開く。

「なんであの二人、一緒にいたんだろ」

「ええと、白玉さんの担任だったりとか……」

「あの先生、２－Ｆの担任だよ」

田中先生は真面目で生徒想い。授業も分かりやすくて評判がいい。

そんな先生と白玉さんが、痴話《ちわ》ゲンカめいた言いあらそいをしていたのだ。

「……裏、見ちゃったね」

八奈見がポツリとつぶやく。

俺はそれを否定しようとして言葉が見つからず、どっちつかずな笑みを浮かべた。

◇

白玉さんと田中先生の痴話ゲンカ（?）から2日。

放課後、俺は人目を避けるように旧校舎の廊下を歩いていた。

誰にも見られていないことを確認すると、階段裏の暗いスペースにもぐりこむ。

「……時間通りですね、温水《ぬくみず》さん」

そこに待ち受けていたのは一人の女生徒。生徒会副会長、2－Fの馬剃天愛星《ばそりていあら》だ。クラスが違うので会うのは久しぶりだ。

彼女は油断なくあたりを見回すと、さらに一歩奥に身を隠す。

「悪いね、変なことお願いして」

「いつも勉強を教えてもらってますから」

言うほどいつもではないが、あえてツッコむのは野暮《やぼ》である。

天愛星さんが数枚のレポート用紙を差しだしてきた。

「これが頼まれた調査書です。取り扱いには気を付けてください」

表紙のタイトルは『ツワブキ高校教諭　田中雄二《ゆうじ》　調査報告書』。

俺は頷《うなず》いて受け取ると、ゆっくりと表紙をめくる。

――田中《たなか》先生はツワブキ赴任《ふにん》3年目の国語教師で、去年から引き続き俺たちの授業も担当してくれている。甘夏《あまなつ》先生や小抜《こぬき》先生より少し年上のようだ。

「ふうん、ツワブキの前はミコシ高校の先生だったんだ」

「ええ、評判もよかったようです。うちのクラスでも悪い評判は聞きませんね」

白玉《しらたま》さんとの一件が気になって天愛星《ていあら》さんに情報提供を依頼したが、俺の取り越し苦労なのだろうか。

とはいえ、あの日の光景は、偶然出会った教師と生徒には見えなかったしな……。

レポート用紙をめくる俺の手が止まる。

「……田中先生って、文芸部の顧問《こもん》だったの？」

「はい。私たちが入学する前、それも年度の途中までですが」

そう言えば玉木《たまき》先輩が顧問がいないことに関して『色々あった』って言ってたな……。

天愛星さんは調査書を見つめる俺に一歩近づくと、ささやくように言葉を続ける。

「……あくまでも噂ですが。女子生徒と、なにか問題を起こしたとか」

へ？　あの真面目そうな先生が？

まさかと思うが、一笑に付すには白玉さんの件は記憶に新しすぎる。

「あの先生、そんなにモテるの？」

「それは分かりませんが。女子には一度くらい、若手の先生にあこがれる時期がありますから」

「へえ、馬剃《ばそり》さんにもそんな時期が――」

「ありません」

食い気味に断言する天愛星さん。

「ああいう物腰《ものごし》の柔らかいタイプには隠れファンがつきやすいんですよ。もちろん、私の話ではありませんが」

なるほど。活発で明るい感じの先生がモテると思ってたが、あんな人生に疲れた感じの人にも需要があるんだな。好みは人それぞれだ。

だが待てよ。女生徒と問題を起こしたのが本当だとすると、文芸部の顧問を辞《や》めたのとなにか関係があるのだろうか。

ひょっとして白玉さんの停学騒ぎも田中先生と関係が……？

考えこむ俺の顔を、天愛星さんがじっと見つめてくる。

「……え？　どうしたの馬剃さん」

「温水《ぬくみず》さん、田中先生となにがあったんですか？」

「俺はないけど――」

ええと、白玉さんとのことを言うわけにはいかないよな。

「ちょっとあの先生のことが気になってさ。うん、それだけだよ」

「気にっ?!」

俺の無難な釈明《しゃくめい》に、なぜかビクリと震える天愛星《ていあら》さん。

「……あ、あのですね。私も理解はある方だと思いますが」

「はあ」

モジモジと足先で床に『の』の字を書く天愛星さん。

「で、ですが同性間といえど、教師と生徒の不祥事《ふしょうじ》に手をかすわけには」

「……なんの話?」

「だって温水《ぬくみず》さん、田中《たなか》先生を狙《ねら》ってるんですよね?」

「違うよ?!」

「誰にも言わないので安心してください!　時と場合によっては、邪魔《じゃま》はしないので間に――」

「そんな時も場合もこないからね?!」

マズい、相談する相手を間違えた。なんとかごまかさないと。

「ほら、文芸部の顧問を交代できないかなって。それで田中先生を候補《こうほ》にしてたんだ」

「あら、小抜《こぬき》先生になにか問題が――」

しばらく考えていた天愛星さんの眉根《まゆね》にシワが寄っていく。

「……お気持ちは察《さっ》します」

察してくれた。ウソだが気持ちは嘘《うそ》ではない。

「失礼しました。桜井《さくらい》君ではなく私に相談してきたので、てっきりそうだと」

「だって桜井君は生徒会役員だから立場があるし。なんかヤバいことが判明したら、黙っているわけにはいかないと思って」

「……私も生徒会役員なのですが」

だっけ。だった気もする。

天愛星さんの責めるような視線からのがれつつ、俺はさらに嘘を塗り重ねる。

「えっと馬剃《ばそり》さんは、その……F組だし、秘密を守ってくれそうかなって」

「それはまあ、口は堅いほうですが――」

言いかけて物思いにふけっていた天愛星さんは、なぜか機嫌がよさそうにクスリと笑う。

「分かりました。今後もいつでも相談してください」

「え、いいの？」

天愛星さんは階段裏の薄闇《うすやみ》から外に出る。

「ヤバいことがあるかも、なんですよね？」

うん、そんなこと言ったな。俺は素直に頷《うなず》く。

スカートをひるがえして振り向きながら、天愛星さんは人差し指を唇の前に立てる。

「なんだか秘密を共有するのも――悪くないものですね」

◇

天愛星《ていあら》さんとの密会《みっかい》をすませた俺は部室に直行。扉を開けると、八奈見《やなみ》と小鞠《こまり》がジロリと不機嫌な視線を向けてくる。

「おそーい、温水《ぬくみず》君」

「ど、どこで油うってた」

「ごめん、ちょっと用事があって」

俺は椅子《いす》に座ると、カバンから調査書を取り出そうとして――手を止めた。

……これ、こいつらに見せても大丈夫だろうか。

迷っていると、八奈見がノートをテーブルの上に置く。

「なにこれ」

「白玉《しらたま》リコのことを調べてきたの。二人で1－Fに話を聞きに行ったんだよ」

「え、小鞠も？」

ドヤ顔で頷《うなず》く小鞠。

「い、1－Fの時間割、覚えてきた」

役に立たない知識だな……。

ノートに手を伸ばすと、八奈見が素早くそれを押さえてくる。

「……見ちゃダメなの？」

「ここには本当の白玉《しらたま》ちゃんの姿が書かれているの。あの子にデレデレしてた温水《ぬくみず》君が、この真実に耐えられるかな？」

「し、死ね」

「あー、うん。多分大丈夫」

もっとヤバい人、たくさん見てきたし。

とはいえ八奈見《やなみ》がそこまで言うのだ。きっと彼女の闇がつづられているに違いない。

覚悟を決めてノートを開く。ええと、まずはクラス男子の白玉さんに関する印象か――。

『話しかけてくれた』『消しゴム拾ってくれた』『シャンプーのいい匂《にお》いがする』

……闇は男子たちの方が深い気がする。

俺は気を取り直して、続きを読む。

『多分俺に気がある』『いや俺だが？』『俺は消しゴム拾ってもらったんだけど』

『俺なんて3回拾ってもらったぞ』

……うん、こんな感じか。俺は拍子抜《ひょうしぬ》けしながら顔を上げる。

「白玉さん、いい人じゃん。消しゴム拾ってくれるんだぞ」

「いやいや4月だってのに拾いすぎじゃない?!　そんなに落ちる?」

「意外と落とすんだって。そして誰も拾ってくれないのもセットだ」

コクコクと頷《うなず》く小鞠《こまり》。消しゴム落としの闇は深い。

「つまり白玉さんは、消しゴム拾いの妖精さんってことで」

「待って、女子からの評判も読んでください！　泣いても知らないよ?」

まだ続きがあるのか。俺は再びノートに目を落とす。


『可愛《かわい》い』『お人形さんみたい』『いい匂いがする』『別の意味で分からせたい』


……うん。若干危《じゃっかんあや》ういが、女子にも評判はいいようだ。

八奈見が若さに嫉妬《しっと》しているだけで、白玉さんはやっぱりいい子だ。えーと続きは……。


『男子に色目を使ってる』『男に媚《こ》びすぎ』

……あれ、なんだか流れが変わってきたぞ。俺はページをめくる。

『男子にチヤホヤされて調子のってる』『彼氏に振られた』『それ関係なくない？』

『彼氏にあの子を紹介してって頼まれた』『それ本当に彼氏？』『消しゴム拾ってくれた』


1年女子、ツッコミが容赦《ようしゃ》ない。そしてここでも消しゴム拾ってる。

俺はもう一度じっくり読み返すと、ノートを閉じた。

「ひょっとして……白玉《しらたま》さんってモテるから、ねたまれてるだけじゃないか？」

「私も少しはモテるんですが?!」

いや、八奈見《やなみ》の話はしていない。

小鞠《こまり》がノートをパラパラめくりながら、遠慮《えんりょ》がちに口を挟む。

「で、でも、悪い子じゃなさそう……」

「小鞠ちゃん、だまされちゃダメだよ。彼とはそんなんじゃないって言って、いつの間にかくっつくのがやつらの手なんだよ。けしからんよ」

ジワリとあふれだす私怨《しえん》。そして話がズレてきた。

「八奈見さん、俺たちは彼女に入部してもらうのが目的だろ？　それに停学してるくらいだから、問題を抱えてることは間違いないわけで」

「それはそうだけどさ……」

八奈見の勢いが落ちる。よし、一気にたたみこむぞ。

「小抜《こぬき》先生はそれも含めて、俺たちに託してくれたんだ。これまでの恩を返すチャンスだと思って――」

……小抜先生に恩か。自分で言っててウソくさい。

思わず口ごもる俺の前で、八奈見が複雑そうな表情で頷《うなず》く。

「まあ、それを言われると弱いよね。小抜先生にはずいぶんとお世話になってるし」

「え、八奈見さんそんなこと思ってたんだ？」

「待って、私がそんな恩知らずに見えるの?!」

うん、見えてた。

恩知らずの俺と小鞠が意外そうな視線を向ける中、八奈見は立ちあがって先月からそのままにしていた壁のカレンダーを破る。

「まあ、仕方ないね。とりあえずは様子を見ましょうか」

明日、４月１６日。白玉さんの停学明け、再登校が始まるのだ――。

◇

自宅のリビングの扉を開けると、甘い香りがただよってきた。

「お兄様お帰りなさい！」

パタパタと駆け寄ってきたのは妹の佳樹《かじゅ》だ。

俺は佳樹の頭越しに台所を眺める。

「この匂いはアンコでも煮てるのか？」

「ピンポーン、正解です。賞品は佳樹一生分です！」

「ああ、それは豪華景品だな」

佳樹の冗談を受け流しながら、コンロの鍋をのぞきこむ。

中に入っているのは、アンコの汁と小さな白い団子《だんご》だ。

「へえ、ぜんざい作ったんだ。餅《もち》じゃなくて団子か？」

「はい、白玉《しらたま》団子です。どうぞ味見してください」

差しだされた小鉢には、どろりと煮込まれたアンコと丸い白玉団子が一つ。

偶然とはいえ、白玉が入ったぜんざいを見ていると、南《なん》ジャスでの顔合わせを思いだす。

田中《たなか》先生と白玉さんは一体どういう仲なのか――。

気もそぞろに、そえられた木匙《さじ》を手に取ると、佳樹が真面目な顔で口を開く。

「お兄様、団子はノドに詰まりやすいので気を付けてくださいね」

「ああ、心配しなくても大丈夫だって」

軽く言って食べようとすると、佳樹が俺の手を握ってくる。

「佳樹？」

「――白玉団子は表面がツルツルして口当たりがいいので、事故の可能性が高いんです」

佳樹は手をつかんだまま匙で白玉をすくい、俺の口の中に入れてきた。

アンコは予想よりずっと甘味が控《ひか》え目で――むしろ塩気の方が強く舌に伝わってくる。

「白玉は、よーくかんで潰《つぶ》して……そうやって食べるのがお勧めです」

口の中に伝わる塩味と、すぐそばに迫《せま》る佳樹の口元だけの笑顔――。

「お兄様……気をつけてくださいね？」

俺は無言で頷《うなず》くと、ゆっくりと白玉団子をかみしめた。

◇

翌日の放課後。

文芸部の部室では、八奈見《やなみ》と小鞠《こまり》がソワソワと身じろぎをしていた。

「温水《ぬくみず》君、本当に白玉ちゃん来るんだよね？」

「大丈夫だって。小抜《こぬき》先生から連絡あったし」

これからついに、お勤《つと》め帰りの白玉さんが見学に来ることになっているのだ。

小鞠はよほど落ち着かないのか、さっきから立ったり座ったりを繰り返している。

「小鞠《こまり》も落ち着けって。お前も先輩になるんだから、ドンと構えてないと」

「せ、先輩……っ?!」

目を丸くして立ちつくす小鞠に、八奈見《やなみ》が頷《うなず》いてみせる。

「それもそうだね。小鞠ちゃん、温水《ぬくみず》君相手に先輩の練習してみなよ」

なにそれ。だが小鞠の先輩観は気になるぞ。

「よし、俺が練習台になろう。小鞠、遠慮せずに先輩風を吹かせてくれ」

「え、えと、なにをすれば」

八奈見は余裕の表情で腕を組む。

「温水君にして欲しいことを言えばいいんだよ。肩もませたり、ジュース買いに行かせたり」

「……八奈見さん、白玉《しらたま》さんにそんなことさせちゃダメだからな?」

「じゃ、じゃあ温水——」

小鞠は俺を見下ろしながら、言葉を続ける。

「あ、頭……なでろ」

……? 思いがけない要求に部室が静まり返る。

「いや、だから小鞠が先輩役だって。先輩が甘やかされても仕方ないだろ」

「で、でも、して欲しいこと言えって……」

「……小鞠ちゃん?」

なぜかシリアス顔をする八奈見。

えーとよく分からんが、小鞠は後輩プレイを要求する先輩役を演じたということか？　なかなか高度な趣向《しゅこう》だな……。

感心していると、部室の扉がいつの間にか少し開いている。

「おう……なんか変なことしてる」

「檸檬《れもん》ちゃん久しぶり！」

「八奈《やな》ちゃん、久しぶり。今日は新人来るんだって？」

焼塩《やきしお》は練習着姿で部室に入ってくると、八奈見の隣にストンと座る。

「もう練習終わったのか？」

「オーバーワーク気味だから、コーチが少し休んでこいって。朝から走りまくってたのバレちゃってさ」

そう言って、プロテインのシェーカーを振る焼塩。

シェーカーを八奈見と反対側の手で持っているのは学習の成果である。

「順調なんだな」

「まあね、楽しみにしててよ」

雨上がりのヒマワリを思わせる、明るい笑顔。

もう俺が心配をする段階ではないし、きっとすでにずっと遠くにいるのだろう。

それに少しばかりのさみしさを感じるのは、わがままだよな――。

楽しそうに話をする三人娘を眺めていると、再びゆっくりと扉が開いていく。

「ええと、こちら文芸部の部室ですよね……」

恐る恐るといった感じで顔を出したのは――白玉《しらたま》リコだ。

不安そうな顔をしていた彼女は、俺と目が合うと安心したように微笑《ほほえ》んだ。

「君が玉ちゃん？　入っておいでよ！」

焼塩《やきしお》が声をかけると、白玉さんは恥ずかしそうにうつむきながら入ってくる。

俺たちの視線に気圧《けお》されたようにしばらく黙っていたが、勢いよく頭を下げる。

「ええと、1年の白玉リコです。当面は仮入部ということで……お世話になります」

Intermission 見知らぬ顔にはご用心

ツワブキ高校の昼休み。

1－Fの教室では、数人の女生徒が会話に花を咲かせていた。

しばらくはドラマや勉強の話が続いていたが、次第にとある話題に移っていく。

停学中のクラスメイトの話題だ。

ぽかりと空いた席を見ながら、一人のキツネ目の女子が口を開く。

「入学早々、停学ってヤバいよね。なにやったらそうなるのって」

それを受け、もう一人の女子も続く。

「男関係って話でしょ。相手が先生ってウワサもあるって」

「マジで？　先生なんてオジサンじゃん」

笑いさざめく女生徒たち。

離れた場所から男子生徒が声をかける。

「おーい、お前らがいじめるからだろ」

「女子こえー」

「は？　あんたらこそ、適当に遊ばれてるだけじゃん」

男子生徒の無遠慮《ぶえんりょ》な笑い声に、女子たちも上辺《うわべ》の不機嫌さで言い返す。

ふと、会話が途切《とぎ》れた瞬間、

「——白玉《しらたま》さんって、実際のところどんな人なんですか？」


投げこまれた質問に一瞬、時が止まった。

質問の主は、長い黒髪を丁寧《ていねい》に編みこんだ小柄な女生徒。

集まっていた女子たちは、互いに顔を見合わせる。


「……そういえば私、あの子と話したことないかも」

「だよね、いつも男子に囲まれてるしさ」

「男子の方が詳しいんじゃない？」


白玉リコ。入学早々、クラスの男子に囲まれて、気が付けばいなくなっていた。

ウワサ話に夢中なクラスメイトも、実際の彼女のことをなにも知らない。

しばらく白玉のことを話していた女子の一人が、不思議そうに辺りを見回す。

「……ねえ、さっきの可愛《かわい》い子って誰？」

「え、ケイちゃんの知り合いだと思ってた」

「私、知らないって。白玉さんの友達じゃない？」

見知らぬ少女はすでに姿を消している。

夢でも見たかのように戸惑っていたキツネ目の女子が、ポツリと呟《つぶや》く。

「……白玉さん、女子の友達なんていたっけ」


——小柄な女生徒が、編み込んだ髪をほどきながら足早に廊下を歩いていた。

人目をひく見た目にもかかわらず、生徒の間を目立たぬようにすり抜けていく。

滑るような足取りで校舎から出ると、少女はほどいた長い髪をパッとなびかせる。

足を止めずに校門に向かいながら、少女は小さくつぶやいた。

「……あの人は、お兄様には少しばかり刺激が強すぎますね」

〜2敗目〜　実は私とこの人は

放課後の保健室。テーブルの向かいに座った小抜《こぬき》先生は、マグカップのコーヒーを一口飲むと、俺を安心させるように微笑《ほほえ》む。

「最近、リコさんはどうかしら」

「部室では元気にしてますよ。昨日は昔の部誌とか読んでましたね」

俺は自前の水筒から、ほうじ茶をチビリとすする。

……あれから一週間。白玉《しらたま》さんは放課後に毎日、部室に来ていた。

あたりさわりない会話をしては、キッカリ1時間で帰るのだが、八奈見《やなみ》と小鞠《こまり》とは微妙に壁がある。消しゴムは2回拾ってくれた。

「学校に居場所があるのはいいことよ。しばらく様子を見てあげて」

「でも、文芸部でいいんですかね。クラスのみんなと仲良くしたほうがいいんじゃないかと」

「あら、君や小鞠さんも少し前までそんな感じじゃなかった？」

……うんまあ、いまも似たようなもんですけど。

小抜先生は何かを思いだすように遠い目をする。

「子供のうちって学校が全部と思いこみがちだけど、それだけ他の世界が遠いってことなの」

「他の世界、ですか」

オウム返しをする俺に、優しく頷《うなず》く先生。

「だから反抗したり、反対にあきらめたり。私もこう見えて高校時代、色々あったのよ」

「いまのツッコミどころですか？」

返事の代わりに楽しそうに笑う小抜《こぬき》先生。

この人の中ではきっと、十代の記憶や感情がまだ色鮮《いろあざ》やかに残っているのだろう。

先生が白玉《しらたま》さんの中になにを見ているのか、見ていないのか。

どちらにせよ白玉さんに対する気遣いに嘘《うそ》はない。だからこそもう一つ――。

探るようにしばらく言葉を交わしたあと、俺は何気ない口調を装ってたずねる。

「それはそうと、国語の田中《たなか》先生について聞きたいんですけど」

「あら、なにかしら。なんでも聞いてちょうだい」

「ええと、田中先生の人となりというか、人間性というか――」

「田中先生の人となり……？」

小抜先生がスッと目を細める。あれ、なんかヤバいこと聞いたか？

「いやその、このあいだ文芸部に関係するイベントとか紹介してくれて、気になっているというかなんというか……」

俺の説明が通じたか、小抜先生は納得したように頷く。

「あの人、文芸部の顧問だったこともあるから、気にしてくれてるのかもね。それと人間性については――」

小抜先生はしばらく記憶を探るように、天井を見上げる。

「そうね、とても誠実な人よ。具体的には、同僚につまみ食いされそうになってもパートナーに操《みさお》をたてて、上手に断るくらいにね」

「……ごめんなさい。聞かなかったことにできますか？」

「ええ、それが賢明《けんめい》ね。はい、どうぞ」

田中先生の同僚はクスリと笑うと、ミントタブレットのケースを差しだしてくる。

反射的に手を出した俺は――慌ててそれを引っこめる。

「いえ、大丈夫です」

しばらくそのまま固まっていた小抜先生は、残念そうに肩をすくめる。

「賢明ね」

◇

足早に部室に向かいながら、さっきまでの会話を思い返す。

田中先生の名前を出したとき、小抜先生の様子がおかしかったように見えたのは、気にしすぎだろうか。

少なくとも同僚とワンナイトするような人ではないと分かったし、誠実なのは信じてもいいかもしれない。

まさかとは思うが、仮に白玉《しらたま》さんと田中《たなか》先生がよからぬ関係だったとしても、俺が口をはさむような話ではないしな……。

さあ、早く部室に行かないと。きっといまごろ、微妙な雰囲気になってるぞ。

西校舎に繋がる渡り廊下を足早に通りすぎ——ようとした俺の足が止まる。

……そういやさっき、小抜《こぬき》先生が言ってたな。田中先生にパートナーがいるのに、って。

…………

…………まあ、俺が口をはさむ話じゃないよな。うん。

俺は増築済の心の棚にこの件を置くと、再び足を進めた。

◇

部室は決して微妙な雰囲気ではなかった。

むしろもっとひどかった。

八奈見《やなみ》は真っ白な灰のように燃えつきて、椅子《いす》の上でグッタリとうつむいている。

直立不動の小鞠《こまり》は至近距離で壁と向かいあい、イヤホンで音楽を聴いている。2か月に1回ペースでおとずれる、言葉が届かないモードだ。

「あ、部長さん！」

胸の前で手を握り、オロオロしていた白玉さんが俺に駆け寄ってくる。

「えーと、一体なにが」

「それが私にもよく分からなくて。さっきまで普通に会話してたんですけど……」

そうか、じゃあ誰にも分からないな。

俺は帰りたい心を押さえつけ、八奈見に声をかける。

「ええと、八奈見さん大丈夫？　砂糖水でも飲む？」

「大丈夫……少し心にダメージを受けただけだから」

八奈見は顔にかかった髪を払いながら、力無く首を振る。

打たれ慣れている八奈見に、これほどのダメージを与えるとは……。

白玉リコ、一体なにをしたんだ。

「ええと……とりあえずお茶でも淹《い》れようか」

そう、困った時はお茶だ。急須《きゅうす》にお湯を入れていると、白玉さんが隣で湯呑《ゆのみ》を並べだす。

「すいません、気がきかなくて。後輩の私が先に淹れないとでしたね」

「ああ、うちではそういうのないから大丈夫だよ」

文芸部ではみんな平等なのだ。なのにいつも俺がお茶を淹《い》れているのはなぜだろう……。

「……部長さんって大人なんですね」

白玉《しらたま》さんがそんなことを言いだした。

「へ？」

「落ち着いていて、話しやすいと言いますか。2年生ってもっと怖いと思ってたから、部長さんが話しやすくてホッとしました」

え、そんなこと初めて言われたぞ。いまの発言、他の二人もちゃんと聞いてただろうな。

八奈見《やなみ》と小鞠《こまり》の動向を気にしつつ、湯呑《ゆのみ》に緑茶をついでいく。

「話してみると、みんな意外と優しいもんだって。クラスの人とも、もっと話してみたら？」

「んー、女子のみなさんには嫌われちゃうから、男子とばっかり話しちゃって。私、男っぽい性格かもですね」

そう言ってテへ、と舌を出す白玉さん。

なるほど、女子のみなさんに嫌われるのも頷《うなず》ける。あざと可愛《かわい》い。守ってあげたい。

「みなさん、お茶がはいりましたよ」

白玉さんが湯呑を配り始めるが、灰化した八奈見と、壁小鞠はノーリアクションだ。

自分の分のお茶を持って椅子《いす》に座ると、白玉さんが隣に座ってくる。

「部長さん、今日は遅かったですね。どこか行ってたんですか？」

「ええと、ちょっと小抜《こぬき》先生のとこに。あの人、うちの顧問だから」

「小夜《さよ》さんって、とてもお綺麗《きれい》ですよね。なんだか少しあこがれちゃいます」

それはやめたほうがいい。悪いことは言わないから。

「そういえば白玉さんって、先生と前から知り合いなんだっけ」

「はい。小夜さんは姉のお友達で、昔から仲がいいんです。私も勉強見てもらったり、遊びに連れていってもらったり」

へえ、小抜先生に遊びに……どんな遊びなんだろ。

話を広げていいか迷っていると、白玉さんはニコニコと笑いかけてくる。この人、全体的にホワホワしていて可愛いよな……。

つられて笑顔になっていると、なぜか頬《ほお》にピリついた視線を感じる。

見れば八奈見が上目づかいで俺にジト目を向けている。

「……温水《ぬくみず》君、なんか楽しそうにしてるね」

うん。からまれるまでは、わりと楽しかったぞ。

「ええと、八奈見さんも復活したならちょっといい？　俺から提案があるんだけど」

「……提案？」

頭をボリボリかきながら顔を上げる八奈見。

なにがとは言わないが、白玉さんと開いていくポイント差。

「ああ、今度の週末――」

俺は言いかけて、壁に貼りついている小鞠《こまり》に目をやる。

イヤホンつけてるから、話しかけてもムダだよな……。

俺は小鞠に電話をかける。

「うなっ⁉」

アタフタとスマホをいじる小鞠が電話に出たのを確認すると、自分のスマホをスピーカーモードにしてテーブルの真ん中に置く。これでこっちの会話はあいつに聞こえるはずだ。

「じゃあ改めて。今度の日曜、みんなで出かけないか？」

一瞬、戸惑ったように部室が静まりかえる。

しばらくたって、八奈見《やなみ》が不思議そうに口を開く。

「出かけるって、合宿でもするの？」

「そこまでは無理だけど、ゆるい取材くらいに考えてもらえれば。それを元に、部会でネタだし会をしてもいいし」

去年の夏。合宿を通じて部員の仲が近づいた――気がする。予想外のイベントもあったが、一人振られて二人に恋人ができたので、収支はプラスといってもいい。

それにならい、みんなで出かけることによって部内の結束《けっそく》を強化するのだ。

白玉《しらたま》さんが真っ先に手を上げる。

「素敵ですね！　私、行きたいです！」

乗り気の白玉さんをチラリと見て、八奈見は不機嫌そうにスマホに視線を落とす。

「急に言われたって、私にも用事とかあるし。うん、なんかあるから」

小鞠も壁に向かったままコクコクと頷《うなず》く。

ええ……こいつら非協力的だな。だけど確かに急だったかな。

「じゃあまた次の機会に――」

言いかけた俺をさえぎるように、白玉さんが口をはさんでくる。

「じゃあ部長さんと二人きり、ですね」

……へ？　なぜかビクリと震える八奈見と小鞠。

「なんか照れちゃいますね。なに着ていこうかな。あ、まずはどこに行くか決めなくちゃ」

「えーと、俺と白玉さんの二人で出かけるの？」

白玉さんはハッとしたように驚くと、さみしそうに目を伏せる。

「……私と二人なんて、ご迷惑ですよね。すみません、部長さんとお出かけできると思って、ちょっとはしゃいじゃいました」

「いや、俺は全然かまわないけど……」

無限買い食いする女や、人を待たせて2時間立ち読みする女に比べれば、犯罪さえ起こさなければそれでいい。

白玉《しらたま》さんは瞳をキラキラさせながら顔を上げる。

「いいんですか？　じゃあ私、行きたいところが――」

「……私も行く」

不機嫌そうに、ボソリとつぶやく八奈見《やなみ》。

「え、八奈見さん予定があるって」

「言ってないけど？」

あれ、俺の聞き間違いか。

最近、八奈見の言うことを自動的にスルーするクセがついてるし、気をつけないとな……。

「じゃあ日曜は三人で」

「え、えと、ヒマだから、私も行く」

いつの間にかテーブルを囲んでいた小鞠《こまり》が、おずおずと手を上げる。

「小鞠は用事あるんじゃ」

「お、終わらせたから」

いつの間に。小鞠の有能ぶりに感心していると、八奈見が腕組みをしながら思案顔をする。

「どこか行くんだよね。お昼ご飯なに食べよっか？」

もう少し先に決めることがあると思う。例えば行き先とか。

「そういえば白玉さん、さっき行きたいとこがあるって言ってなかったっけ」

話をふると、白玉さんは俺たちを見回してから口を開く。

「私、豊川《とよかわ》のイオンモールに行きたいです」

「あそこか……」

隣の市にある大型ショッピングモールだ。比較的新しく、俺もまだ行ったことはない。

豊橋《とよはし》駅からモールの最寄り駅まで２０分程度だし、距離的にも手ごろだな。

さて、二人の旧部員の判断は――八奈見は頷《うなず》きながら親指を立てる。

「いいね、白玉ちゃん。あそこならお昼ご飯に不自由しないよ」

昼食への強いこだわり。八奈見は乗り気のようだ。

「あ、あそこの書店、行きたかった」

小鞠は興奮気味に財布の中身を数えている。数え終わると、ガクリと肩を落とす。

「ええと、じゃあみんな予定をあけておいてくれ。詳しい話はグループＬＩＮＥで……」

あれ、白玉さんの電話番号は知ってるけど、グループには入ってないよな。

どうしたものかと思っていると、白玉さんがスマホを差しだしてくる。

「じゃあ部長さん、ご迷惑でなければＬＩＮＥの交換してくれませんか？」

「え、ああ、俺でよければ――」

――殺気。なぜか八奈見と小鞠が俺をジトリと睨《にら》んでいる。

これは……立場を利用して手を出そうとする男子から、新入生を守ろうとする女の目だ。

実に具体的だが間違いない。

「そうだね、文芸部のグループに入ってもらおうかな！　はい、招待したから入ってね！　文芸部のグループに！」

必要以上の潔白アピール。しかしこの時代、身を守るために必要なスキルなのだ。

登録が終わると、白玉《しらたま》さんは嬉しそうにスマホを抱きしめる。

「入学して初めてＬＩＮＥを交換しました。私の初めての人は、部長さんでしたね」

そのセリフに八奈見《やなみ》たちの殺気が増していく。いまのは俺のせいじゃないだろ……？

怖くて旧部員たちから目をそらすと、そこには白玉さんの犬のような丸い瞳。

「ふつつかものですが、よろしくお願いしますね。部長さん」

「あ、はい。こちらこそ」

俺は強張《こわば》った笑みを浮かべつつ、一抹《いちまつ》の不安を覚える。

……この人、わざと言ってるんじゃなかろうな。

◇

快晴の日曜日。新旧含めた四人の部員の姿が、イオンモール豊川《とよかわ》にあった。

俺は中央通路の真ん中で、巨大な空間を見上げていた。

ここは長くて広い通路全体が全3階の吹き抜けになっていて、通路沿いにテナントがズラリと並んでいる。いわば3階建ての商店街といったところだ。

この手の店に来たのは初めてだが、なんかデカいな……。

隣では小鞠《こまり》も口を半開きにして、吹き抜けを見上げている。

「うぇ……で、でかい」

うん、デカい。人間、圧倒されるとそんな感想しか出てこないものだ。

小鞠と並んでポカンと口を開けていると、ドヤ顔八奈見がフフンと胸を張る。

「仕方ないな。モール経験済みの私が、ここでの楽しみかたを教えてあげましょう」

「八奈見さんが？」

反射的に口にすると、八奈見がジロリと剣呑《けんのん》な視線を向けてくる。

「ご不満ですか？　名鉄と間違えて飯田《いいだ》線に乗ろうとした温水《ぬくみず》君が？」

だって改札一緒だし。俺が言い返そうとすると、

「私、八奈見先輩の楽しみかたを知りたいです！」

花柄のツートーンワンピに身を包んだ白玉さんが、すかさずフォローに入ってくる。

八奈見は満足したようにコクリと頷《うなず》く。

「白玉ちゃんは見どころがあるね。モールを100％楽しむには――」

「はい！　楽しむには？」

注目する俺たち三人に、八奈見《やなみ》は自信満々な口調で言う。

「まず――お茶でも飲んで一服するの」

「早くない？」

思わずツッコむと、八奈見がヤレヤレと肩をすくめる。

「いい？　この手のモールは一通り歩くだけでかなりの時間がかかるの。しかも1周するころにはいい感じに序盤を忘れてるから、気付かないうちに2周目に突入するってトラップ付きなのよ」

「ええと、新鮮な気持ちで2周できるのならいいのでは」

「いやいや、序盤になにか食べて、後半でもっと美味《おい》しそうなの見つけたらどうするの？　お小遣いもお腹《なか》も限界ってものがあるんだからね。だからまずお茶をしながら、攻略ルートを考えるんだよ」

小遣いはともかく、八奈見のお腹は心配いらない。俺が保証する。

「それは分かったけど、どこか喫茶店でも入るのか」

「あっちでドリンクやスイーツとか売ってるコーナーがあるの。さ、みんな行こうか」

八奈見に連行されたのはテイクアウトのスイーツやカフェが集まったコーナーだ。

レモネードやアイスの他、シュークリームやチョコショップもある。

八奈見の瞳がギラリと光る。さあ、戦争の始まりだ――。

◇

コーナー横のテーブル席を確保すると、俺は椅子《いす》の背もたれに身体《からだ》を預けた。

「……なんで飲み物を選ぶだけでこんなに疲れるんだ」

詳細は割愛《かつあい》するが、八奈見と一緒に行動したのがまずかった。小鞠《こまり》だけでなく白玉《しらたま》さんまでフェイドアウトしたということは、八奈見の生態はすでにバレてるな……。

アイスほうじ茶をすすっていると、テーブルの向かいに八奈見が座ってくる。

「席、いいとこ空いてたじゃん」

「空くまで頑張って待ったんだが？」

「じゃあ、ほめてあげるよ。よくできました」

八奈見は緑色のドリンクをテーブルに置く。

カップの底には小さく切ったわらび餅が敷きつめられ、その上には甘そうな抹茶《まっちゃ》ペースト、トッピングに抹茶ソフトまで乗っている。

「……なんかすごいの買ったな」

「うん、抹茶わらび餅クリームスムージーってやつ。ダイエット中だから飲み物だけにしたの」

言いながら太いストローで、カップの底のわらび餅を吸う八奈見。

「いやそれ、かなりカロリーあるぞ？」

「温水《ぬくみず》君、これって西尾《にしお》の抹茶《まっちゃ》を使ってるんだよ。しかもスムージーなの」

「はあ」

ズルズルズル。わらび餅を吸う八奈見《やなみ》。

……？

「え、待って。それ説明になってる？」

俺の当然の疑問に、八奈見が得意げな表情をする。

「温水君、ダイエットの本来の意味、知ってる？」

「え？　やせることだろ」

「違うんだなー、本来は『日常の食事』って意味なの。だから私、一時的な数字の大小に一喜一憂するのはやめたんだよ」

「つまり——あきらめたのか」

「あきらめてませんけど?!」

そうか。あきらめが悪いな。

「日常の食事ってことは、日頃から気をつけろってことだろ」

「あのね、ダイエットって、もっとこう概念的《がいねんてき》というか気持ちの問題なの」

「はあ」

また変なこと言いだした。俺は脳をスルーモードに切り替える。

「ダイエットは最後はイメージなんだよ。最新のダイエット理論によれば、やせようという気持ちがカロリーを裏返すの。抹茶――スムージー――ほら、やせそうな要素がそろってるでしょ？　だからこれを飲んでやせない道理はないの」

最近のダイエット、そんな能力バトルみたいなことになってるのか。

「じゃあサラダせんべいでもつければ完璧だな」

「お、温水君も分かってきたじゃない」

したり顔でトッピングの抹茶ソフトを吸う八奈見。ちなみにサラダせんべいの名前の由来《ゆらい》はサラダ油だ。

ダイエットの真実も知ったことだし、そろそろ誰か八奈見の相手を代わってくれないかな。

あたりに視線をめぐらすが、小鞠《こまり》と白玉《しらたま》さんの姿は――わりとすぐに見つかった。

増えてきた買い物客の流れに飲みこまれ、同じところをグルグルと回遊《かいゆう》しているようだ。

小鞠も東京には住めないな。知ってた。

「すみません、お待たせしました！」

八奈見に救出された白玉さんと小鞠が戻ってきた。

二人が手にしているのは抹茶ソフト。白玉さんのが白玉トッピングつきなのは、狙《ねら》っているのか天然か。

「結局お二人と同じ店にしたんですけど。迷ってたら行列になっちゃって、買ったあとも迷っちゃって」

いつもの可愛《かわい》いしぐさでニコリとすると、俺の向かいにトスンと座る白玉《しらたま》さん。

小鞠《こまり》がその隣に座るのを確認して、俺はテーブルにモールのマップを広げる。

「――さて、どこから攻めようか」

八奈見《やなみ》が真剣な顔でマップをのぞきこむ。

「さっきフルーツサンド売ってたよね。フードコートでラーメンの食べくらべもいいし、チャオの鉄板スパも捨てがたいな。でも昼ご飯の前だしなー」

「いまの全部、昼食とは別に食べるつもりなの？」

すでに脳をスルーモードに切り替えた小鞠は、定期的に頷《うなず》きながら抹茶《まっちゃ》ソフトを食べている。

そして白玉さんは、八奈見が冗談か本気か分からないのか、どっちつかずな笑みを浮かべている。すまない、この女は本気なんだ。

この状況を打破《だは》できるのは自分だけだ。俺はアイスほうじ茶を一気に飲み干す。

「えーと、まずは目的を決めずにウィンドウショッピングとかどうだろう。ほら、せっかくだから小説のネタ探しというか、みんなで歩いて話をしたりさ」

そもそも今回の目的は、部員同士の交流である。さらに言えば、新入部員と旧入部員に仲良くなってほしいのだ。

俺の提案に、八奈見が得たりとばかりに頷く。

「それならお勧めの精肉店があるよ。ショーケースに肉がズラリと並んでるのは壮観《そうかん》だから」

ウィンドウショッピングとはそういうのではない。多分。

白玉さんがポンと胸の前で掌《てのひら》を合わせる。

「じゃあまず、お洋服でも見にいきませんか？　八奈見先輩のブラウスすごく素敵だから、私の服も見立ててほしいなって」

「え、そうかな？　まあちょっと奮発《ふんぱつ》したんだけどね。誰かさんと違って、ちゃんと見てくれる人は見てくれるんだなー」

なぜか俺をジト目で見てくる八奈見。ちなみにその攻撃は小鞠にも効くぞ。

だがこの流れ、乗らない手はない。俺は勢いよく立ち上がる。

「よし、じゃあさっそく行こうか！」

小鞠がジロリと見上げてくる。

「た、食べ終わるまで待て」

「すみません、私歩きながら食べるの苦手なんです」

……あ、はい。そうだよね。

俺は静かに頷くと、再び腰を下ろした。

◇

ウィンドウショッピング。買うでもなく店頭の商品を眺めて楽しむことだ。

買わないのに買い物と名乗るのはどうかと思うが、三人のツワブキ娘はそんなことはお構いなしだ。華やかな洋服を前にテンションが上がっている。

「小鞠《こまり》ちゃん、これ似合うんじゃない？　試着してみようよ」

「先輩、きっと可愛《かわい》いですって」

「うぇ?!　え、えと……」

訂正。小鞠は実に居心地《いごこち》が悪そうだ。

試着室に連れこまれそうになった小鞠が、あわてて逃げだす。

「ふ、服、着てるから！　か、買わなくても大丈夫！」

その理屈だと全裸じゃないと服買えないぞ。

……なんか安全な距離から、女子がワイキャイしてるのを眺めるのは楽しいな。

今後の文芸部、俺はリモート参加でいいかもしれない。

そんなことを夢想《むそう》していると、小鞠たちから離脱した八奈見《やなみ》が、無遠慮に距離を詰めてくる。

「温水《ぬくみず》君、楽しんでる？」

「ああ、意外と。あの二人、放っておいて大丈夫なのか」

「あの子、わりと人当たりいいし心配いらないでしょ。いい子だよ」

白玉《しらたま》さんは小鞠の身体《からだ》に洋服を当てたりして、小鞠遊びに夢中だ。

あの二人、意外といいコンビかもな。小鞠が死んだ目をしているのは気になるが。

「八奈見さん、白玉さんのこと苦手なんだと思ってた」

「私、後輩をいじめるような女に見える？」

その件についてはコメントを差しひかえたい。

「ええと……彼女、八奈見さんの服をほめてたし。趣味があうとか」

さりげなく話題をそらすと、八奈見は軽く肩をすくめる。

「あれが会話の潤滑油《じゅんかつゆ》ってやつだよ。ほらほら、温水君もやってごらん？」

「え、俺が八奈見さんのファッションをほめるの？」

八奈見は頷《うなず》くと、俺の前でクルリと一回転する。

なんか薄茶色っぽいヒラヒラした感じの……ブラウスを着ているな。

そして白系のダボッとした……ズボンだか……スカートだかを……はいている。

「なんか服に色がついてたり、ついてなかったり――」

「おう、そこからか」

そこからです。さらに俺は八奈見を観察する。

「――全体的にオシャレだと思いますが、ブラウスの袖《そで》が少し短くないだろうか」

「これ、七分袖《そで》ですが……？」

……七分？　なにその中途半端な数字。

「ああうん、そういうのもあるよね。ただちょっと寒そうだなって」

八奈見《やなみ》は心底あきれたように溜息をつく。

「あのね、暑いだ寒いだいうならオシャレをあきらめなさい――って、偉い人も言ってるの。これが正解だから覚えておいて」

「あ、はい。分かりました」

俺は素直に頷《うなず》くと、正解を心の八奈見フォルダに収納する。整理しておくと断捨離《だんしゃり》する時に便利なのだ。

小鞠《こまり》たちが歩きだしたので、俺たちも通路を進む。

「そういえば、焼塩《やきしお》にも声かけるって言ってなかったか」

「記録会が近いから練習だってさ。気になるの？」

「まあ、友達だからな。そういえば今日の八奈見さん、あんまり食べてないよね」

俺が話題をそらすと、八奈見が物憂《ものう》げな表情をする。

「こんなこと、温水《ぬくみず》君には思いがけない話だろうけど……」

まさか、ドクターストップでもかかったのか。

緊張する俺に、八奈見が大人びた表情を向けてくる。

「さっきのリアクションで確信したの。私――最近少し食べすぎだったんじゃないかなって」

「え、ツッコミ待ち？」

「待ってません。ほら、うちら2年生になったでしょ？　私にあこがれる下級生のためにも、大人の女性の立ち振る舞いを心がけようかなって」

なるほど、それはいい心がけだ。あとは八奈見にあこがれる下級生を用意すれば完璧だ。

俺の内心を見抜いたか、八奈見が横目でにらんでくる。

「だから今日もお茶しか飲んでないでしょ。温水君って私の女子力、みくびってませんか？」

さっきのカロリースイーツ、こいつの中ではお茶なのか。ある意味みくびっていたぞ。

「お、お前らなにサボってる」

白玉《しらたま》さんの手から抜けだした小鞠が、おぼつかない足取りで近付いてきた。

「最新モードと女子力について語っていたんだ。小鞠こそ洋服はもういいのか？」

フルフルと首を横に振る小鞠の背後から、白玉さんが顔をだす。

「小鞠先輩、お洋服はあまり興味ありませんか？　なにか他に見たいものがあれば言ってください」

「うぇ、えと、その……」

スマホを探しながらワタつく小鞠。まずいぞ、こいつのゲージはもう0だ。

「ほら小鞠、どこか行きたいって言ってなかったか？」

俺の助け舟に小鞠が目を輝かす。

「う、うん！　ほ、本買いに行き、たい！」

小鞠《こまり》は一枚のカードをとりだす。図書カード。しかも５０００円のやつだ。

「ほう、大人買いの覚悟があるようだな」

小鞠は嬉しそうに頷《うなず》くと、指を二本立てる。

「ひ、秘蔵のカードの封印を解いた。二冊は、買う」

全部は使わないんだな。実に堅実で計画的だ。いい嫁になるぞ。

先導して歩きだそうとした小鞠が、正面からきた若者の集団におびえて俺の背後に隠れる。

……こいつは2年生になっても変わらないな。

俺はなんとなく安心しながら、エスカレーターに向かって歩きだした。

◇

本の豊川堂《ほうせんどう》イオンモール豊川《とよかわ》店。ややこしいが本店は豊橋市《とよはし》にある。

地域最大級の売り場面積を有する書店で、地元の食材を使ったカフェも併設《へいせつ》されているので、八奈見《やなみ》の挙動《きょどう》がおかしいのも当然だ。

「ほら八奈見さん。お昼ご飯はまだだって」

「分かってるって。大人女子がよだれなんて垂《た》らすわけないじゃん」

言いながらハンカチで口元をぬぐう八奈見。垂らしたのか。

とはいえ、よだれこそ垂らさないが俺のテンションも上がっている。

小鞠はとっとと姿を消したし、白玉《しらたま》さんも新刊コーナーをのぞいている。

さて、俺もどこからチェックしようか――。

「でも、わざわざここまで来て本を買わなくてもいいじゃん。どこで買っても一緒でしょ？」

そのセリフに俺は肩をすくめる。やれやれ、八奈見はまだその段階か。

「八奈見さん。書店ってのは、どこでも同じように本が並んでいるわけじゃないんだ」

「つまり……カフェメニューが違うってこと？」

違う。本って言ってるじゃん。

「いいか、書店は本と俺たちの出会いの場でもある。書店のコンセプト、それにともなう棚の配置。そしてそこに並ぶ本を見ることは、棚を預かる書店員さんとの対話なんだ」

「分かった！　店の人と交換日記とかするんだね？」

八奈見、ちっとも分かってない。どう言えば分かってくれるのかな……。

「ええとだな、例えばクラシックのコンサートで同じ曲を聞いても、指揮者と楽団が違えば別物だろ？　どんな読書体験を俺たちに提案してくれるか、書店によって全然違うんだ」

「でも温水《ぬくみず》君が買うのってマンガとラノベばっかじゃん」

……うんまあそうだけど。店によって、けっこう品ぞろえが違うんだぞ。

八奈見《やなみ》のスポンジ状の脳にも、なんとなく伝わったのだろう。

興味深そうにグルメ雑誌を手に取る八奈見を確認すると、店内の探検を開始する。

マンガとラノベ売り場に直行するつもりだったが、八奈見にあんなこと言われたし、他の売り場を先に見るか……。

小説コーナーに行くと、白玉《しらたま》さんが一人で文庫本の棚をじっと見つめている。

そっと歩み寄ると、彼女が熱心に見つめているのは時代小説。

詳《くわ》しくはないが、いわゆる時代劇みたいなジャンルだという印象だ。

俺の視線に気付いた白玉さんが、棚に伸ばしかけた手を戻す。

「部長さん？　いつから見てたんですか」

「えーと、いま来たとこだよ」

俺は白玉さんと並んで棚を眺める。

「意外だね、時代小説とか読むんだ」

「おじいちゃんの影響で読み始めたんですけど、最近ちょっとハマってて」

白玉さんは『雨漏り長屋のご隠居さん』と書かれた本を手にとると、裏表紙のあらすじに目を通して棚に戻す。

「……部長さん、今日は私に気を遣って誘ってくれたんですよね」

「え、いやまあ……みんながもう少し仲良くなれたらなって」

俺の煮えきらない口調に、白玉さんも迷いながら口を開く。

「八奈見先輩は私のこと苦手みたいですね。それに小鞠《こまり》先輩には怖がられてますし」

「ええと、そんなことはないと思うよ？」

八奈見は若さと可愛《かわい》さに嫉妬《しっと》しているだけだし、小鞠は誰にでもそんな感じだ。

俺の言葉をなぐさめだとでも思ったのか、明るく笑ってみせる白玉さん。

「すみません、こんな話をしちゃって。今日は私、頑張ってお二人と仲良くなりますね」

「ああ、無理しないでね」

俺は白玉さんを残してその場を離れると、内心で頭を抱える。

さっきまではいい雰囲気に見えたのに、人間関係は大変だ。

さて、これは難しいぞ。やはり八奈見は食べ物で、小鞠は薄い本で釣るしか――。

…………………あれ？　意外と簡単だぞ。青い鳥はそこにいたんだ。

八奈見にはお菓子でも渡せばいいか。

『温水《ぬくみず》君、白玉ちゃんっていい子だね！　誤解してたよ』

脳内八奈見のセリフも完璧、もう聞かなくてもいいほどだ。

さて小鞠はどうしよう。店内を順番に見て回ると、実用書のコーナーに小鞠の姿があった。

分厚いハードカバーの本を手に固まっている。

「その本がどうかしたのか」

本に顔を向けたまま、視線だけチラリと俺に向ける小鞠《こまり》。

「え、えと、昔の西洋のドレスとか服の本で、資料にほしい、けど」

小鞠は本の裏を見せてくる。図書カードの全力を軽く超えた金額だ。

溜息をついて棚に本を戻すと、俺を不審気に見上げてくる。

「な、なんか用か」

「お前最近、春アニメの『定時すぎたらオシゴトです』にハマってたよな」

「あ、ああ。あれはいいモノ、だ」

ニマリ、と邪悪な笑みを浮かべる小鞠。

「じゃあ、小鞠推しのカップリングを教えてくれ。お前の趣味だとタカヤさんが右――」

「うなっ?!」

ドス。小鞠のヒジが俺のミゾオチに決まる。

「わ、私の好みを当てる、な!」

なんで当てて怒られるんだ。解《げ》せぬ。

とりあえず小鞠の好みは分かったし、上納品《じょうのうひん》をアニメショップにでも買いに行くか……。

◇

書店の次は、意外にも八奈見《やなみ》の希望でゲームコーナー。

プレイしたのはVRゴーグルをかぶって、ゾンビを撃ちまくるというやつだ。

存在は知ってたが、自分がプレイする日がくるとは思っていなかったな。四人用だし。

プレイを終えて、八奈見が伸びをしながら小鞠に話しかけている。

「小鞠ちゃん、銃撃ったりするゲーム得意なんだ。コツとかあるの？」

「さ、殺意を、こめろ」

前髪をかき上げながら、ドヤ顔をする小鞠。

「なるほど、殺意かぁ」

「あ、ああ、殺意だ」

……なぜ二人とも俺を見る。

怖いので目をそらすと、白玉《しらたま》さんと目があった。

「なんか足下がフラフラしますね。大迫力でした」

両手の人差し指でこめかみを押さえながらニコリと笑う。可愛《かわい》い。そしてあざとい。

「小鞠ちゃん。あっちにエアホッケーあったし、勝負しようか」

「わ、私、意外と強いぞ」

そうなのか。エアホッケーが強い小鞠《こまり》、見てみたいな……。

二人の後ろをついていこうとすると、白玉《しらたま》さんが俺の服をそっと引っ張ってくる。

「あの、私ちょっと疲れちゃって。休みたいので一緒に来てもらっていいですか？」

「ああ構わないけど。ちょっと八奈見《やなみ》さんたちにひと声──」

見れば八奈見たちは人混みに消えようとしている。

追いかけようか迷っていると、白玉さんはさっきより少し強く、俺の服を引く。

「……ハッキリ言ったほうがよかったですね」

「はい？」

耳元の声に顔を向けると、予想よりずっと近くに大きな瞳。

次に聞こえてきた白玉さんの囁《ささや》き声に、ゲームセンターの喧騒《けんそう》がピタリと止まる。

「──言いなおします。ちょっと二人で抜けだしませんか？」

◇

目の前のガラスケースの中には、高級感にあふれた装飾品が並んでいた。

並んでそれをのぞきこみながら、白玉さんが小声で歓声をあげる。

「うわぁ、キレイですね。あのネックレス、アメジストかな」

「ええと、ああ、それかもね」

白玉さんに連れてこられたのは、同じモールの中のジュエリーショップ。

高級感あふれる店構えにすっかり気圧《けお》されていると、白玉さんが申し訳なさそうな顔をする。

「ごめんなさい、急に誘っちゃって。興味なかったですよね」

「いや、そんなことないって。自分一人じゃ来ないから、けっこう楽しんでるよ」

「本当ですか？　部長さんってやさしいですね」

そう言って笑顔を見せる白玉さん。

――俺が白玉さんの申し出を受けたのは、別に邪《よこしま》なことを考えたからではない。

彼女が八奈見たちと人間関係に悩んでいるので、助けになれればと思っただけだ。本当だ。

そう自分に言い聞かせながら、チラリと隣の白玉さんを横目で見る。

彼女は口元に笑みを浮かべ、ガラス越しにアクセサリーを見つめている。

子供っぽいあどけなさと大人っぽさが同居した小さな顔を、肩まで伸ばした髪が包んでいる。

背は八奈見と同じくらいだが、細身の身体《からだ》は触れば折れそうなほどに華奢《きゃしゃ》だ。

華奢だけど小鞠と違い、ひかえめだけど女の子らしい身体のラインが服越しにも分かる。

小顔と長い手足は焼塩《やきしお》を彷彿《ほうふつ》とさせ、白くキメの細かい肌は志喜屋《しきや》さんを思いだす――。

……やっぱりこの子、相当可愛《かわい》いな。

八奈見が嫉妬《しっと》するのも仕方ない。あいつも顔はいいが、手放しに称賛《しょうさん》できないなにかがある。

「部長さんの誕生石ってなんですか？」

「え？　俺は１２月生まれだから――」

誕生石の一覧表を見ていると、これで何度目だろう。ポケットのスマホが鳴りだした。

……きっと八奈見《やなみ》だ。

ポケットに手を伸ばすと、白玉《しらたま》さんがその上から掌《てのひら》を重ねてくる。

「へっ?!」

「いまだけ、部長さんを独り占めしたらいけませんか？」

「いやあの、俺でよければいつでも……」

「じゃあもう少しつきあってください」

白玉さんは俺に肩をトンと軽くぶつけると、店の奥に誘導する。

「部長さんの誕生石はタンザナイトですね。石言葉が知的、落ち着き――なんだかイメージにピッタリですね」

「あ、はい。よく言われます」

俺は相づちをうちながら、ゴクリとツバを飲みこむ。

これはひょっとして、俺に恋愛イベントが発生しているのか？

いままで不発だった俺のモテ期がようやく仕事を――。

……ないな。しっかりしろ俺。

モテない俺が可愛《かわい》い後輩にせまられるはずがない。

そんなラノベタイトルのような展開は、陽キャのイケメンにしか許されていないのだ。

だからこの展開は俺ではなく、きっと白玉さん自身の物語で――。

「ええと、私の誕生石はなんでしょう」

「……白玉さん、俺になにか相談でもあるの」

白玉さんの笑顔がわずかに揺らぐ。

だけど次の瞬間にそのほころびは、いつもより少しだけあざとい笑顔が覆い隠す。

「大丈夫です。部長さんにはさっき弱音を聞いてもらいましたから」

「相談じゃないなら――誰かを待ってるのかな」

今度こそ、笑顔の仮面がはがれ落ちる。

驚きと不安。白玉さんの顔色が少しずつ変わっていく。

「え……あの……」

「さっきからアクセサリーを見ているようで、ずいぶん周りを気にしているよね。それに俺をこの場所に足止めしようとしてるみたいだし。誰かがここに来るの?」

「それは――」

言葉を探すように開いた唇は、再び閉じて。

逃げだそうとする気持ちを押さえるように、足がわずかに震えだす。

「ごめん、責《せ》めてるわけじゃないんだ。事情を教えてもらえば、協力できるかなって」

「………」

白玉《しらたま》さんは両手で胸を押さえるようにして、うつむいて黙っている。

沈黙が不安になって言葉を重ねようとした瞬間、

「――ひょっとしてリコ？」


澄んだ声が聞こえてきた。

スイッチが入ったように、白玉リコが顔を上げる。

その視線の先にいたのは、２０代中盤くらいだろうか。

整った顔立ちにもかかわらず『可愛《かわい》い』という感想が先に浮かぶ、綺麗《きれい》な大人の女性だ。

この雰囲気はいうまでもない。

白玉リコが、かすれるように声をだす。

「お姉ちゃん……」

白玉リコの姉。

だが俺が驚いたのは白玉姉の登場にではない。

その隣に寄り添うように立つ男性。それは――。

「君はC組の温水《ぬくみず》君だよね。どうしてリコちゃんと一緒に」

ツワブキ高校国語教諭の田中《たなか》先生だ。

白玉姉妹に田中先生、そして――なぜか俺。

戸惑いが支配するこの空気を破ったのは、白玉リコだった。

強引に俺の腕を取ると、抱きつくように身体《からだ》を寄せてくる。


「私――この人とお付きあいさせていただいてるんです！」


っ?!　俺たち付きあってたの?!　いつの間に？

まったく身に覚えはないが、そうだとすれば白玉さんが俺を連れだしたのも、目的不明なゆるふわタイムをすごしたのも辻褄《つじつま》があう。うん、ここは流れに身を任せるべきだ。

衝撃《しょうげき》のカミングアウトに固まっていた白玉姉が、ようやく口を開く。

「リコ、あなた彼氏いたの？　そんな話、初めて聞いたから……」

「ごめんなさい。お姉ちゃんたち、結婚式の準備で忙しそうだったから言いそびれちゃって」

そう言って、明るく笑う。

明るい笑顔にそれ以上言えなかったのだろう。白玉姉は戸惑いを隠せないまま、俺に視線を向けてくる。

「あなたはいつからリコと、その……お付きあいを？」

「へっ？　いやその、いつからというか、シュレディンガーの猫的な……」

「お姉ちゃん、私の彼氏に変なこと聞かないで」

白玉《しらたま》さんはふくれっ面をすると、俺の腕をさらにギュッと抱きしめる。

「ごめんね、リコ。急だったからお姉ちゃんちょっと驚いて。だけど――」

「私、もう高校生だよ？　お姉ちゃんだって私の歳にはもう、田中《たなか》先生のこと好きだったじゃん」

「リコッ?!」

顔を真っ赤に染める白玉姉。……うん、お姉さんも可愛《かわい》いな。

田中先生は気遣《きづか》うような笑顔を浮かべながら、白玉姉の肩に手を置く。

「みのりさん、今日はもう行こうか」

「でも雄二《ゆうじ》さん……」

「二人とも邪魔したね、僕たちはもう行くから」

子供をなだめるように、白玉姉をその場から連れていく田中先生。

怒濤《どとう》の展開に、二人の姿が見えなくなっても俺はその場に立ち尽くしていた。

と、腕に伝わる感触が俺を現実に引き戻す。なんか柔らかいし、いい匂いするな……。

「ええと、いまのが白玉さんの」

白玉《しらたま》さんがゆっくりと頷《うなず》く。

「……姉です」

「田中《たなか》先生が一緒にいたってことは」

「はい、二人は婚約しているんです」

……それで白玉さんと田中先生は知り合いなのか。

南ジャスの駐車場で口論をしていた理由は――それだけなのか？

わずかに足りないピースを探っていると、白玉さんが俺の腕をつかむ手に力をこめる。

そして、しがみ付くように立っていた白玉さんが、消えいりそうな声で呟《つぶや》いた。

「……二人きりになれるところ、行きませんか？」

◇

トトッ……。

目の前を茶色い長毛種の猫が、身を低くして走り抜けた。

俺と白玉さんは、モールの中にある猫カフェにいるのだ。

木のベンチに並んで座りながら、カフェラテのカップで掌《てのひら》を温める。

二人きりになれる場所ってここのことか……。

「……ごめんなさい、変なウソついて」

「え？　いや猫は人じゃないから、二人きりというのもあながち――」

「いえ、付きあってるってほうです」

俺たちの関係、ウソだった。

いや別に本気で期待してたわけじゃないし、なんか事情があるんだなってのは分かってたから全然ショックじゃないけどさ、もうちょい引っ張ってもらってもよかったのに。

……いかん。脳内言い訳をしていたら、本気で落ちこんできたぞ。

俺はカフェラテを一口飲むと、気を取り直してたずねる。

「さっきは、どうしてあんなウソついたの？」

「二人に彼氏を見せつけて、驚かせてやろうって思って。モールに来たいって言ったのも、あそこに結婚指輪を受け取りに来るって知ってたからです」

そう言って、再び黙る。

「……なんでそんなこと」

「私を子供あつかいばかりするから、ちょっと見栄《みえ》を張りたくなったんです」

なるほど。俺をゲームコーナーから連れだしたのもそのためか。

もちろんこんなことだと思っていたが、そうか……そうだったのか……。

「……少しお姉さんの気持ちが分かるな」

「私、そんなに子供っぽいですか？」

わざとらしいふくれっ面。俺は苦笑いをしながら首を横に振る。

「そういう意味じゃなくてさ。俺も妹がいるから、自分の中で妹が小さかった時の感覚が抜けていないんだ。二つしか違わないいんだけどね」

「……私なんて１０歳も離れてますから、なおさらですね」

白玉《しらたま》さんは熱そうにカフェオレを飲むと、ふーっと細く息をはく。

「姉は優しいし、私のことすごく可愛《かわい》がってくれて。私も姉のこと大好きです」

「いいお姉さんなんだね」

白玉さんは、これまで見た中で一番の素直な笑顔で頷《うなず》く。

「はい。私、物心ついたころは自分にはママが二人いるって思いこんでいたんですよ。子供って変なこと考えますよね」

そう言って、なつかしそうに笑う。

だけどその笑いは力なく消えて、白玉さんはうつむき加減に呟《つぶや》く。

「だから、姉が田中《たなか》先生を選んだのなら――祝福しないといけないんです」

自分に言い聞かせるような口調。

「……先生となにかあったの？」

「はい、いろいろ――ありました」

「っ!?」

これはまずいことを聞いてしまったかもしんない。

震える手でカフェラテを握りしめていると、白玉さんが慌てて首を横に振る。

「変な意味じゃないですよ？　田中先生はご近所さんで、小さなころから勉強とか見てもらってたから」

……なるほど、そういうことか。

よかった、ドロドロした関係なんてどこにもない。

ここにいるのは、お姉ちゃんと仲のよい普通の女の子だ。

「それじゃ先生が、白玉さんのお義兄《にい》さんになるのか」

白玉さんの肩がビクリと震える。

「そう……ですね。姉と結婚するんですから」

静かな口調で言うと、そのまま動かなくなる白玉さん。

あれ。俺、変なこと言ったか……？

「あの、白玉さんは田中先生と……仲がいいんだよね？」

俺の言葉に、白玉さんがゆっくりと顔を上げる。

「……少し、話を聞いてもらっていいですか？」

俺が頷くと、彼女はいつもと少し違う、大人びた表情で話しだす。

「田中《たなか》先生はウチのご近所さんで、親の帰りが遅い私たちをいつも面倒《めんどう》みてくれてたんです」

「お姉さんもってことは、二人は年が離れているの？」

「先生は姉より5歳上です。今年で30だからおじさんですね」

そう言って、楽しくもなさそうに笑う。

「私が物心ついてからは、一緒にかまってもらうようになって。保育園にもよく二人でむかえに来てました」

なにかを思いだしたのか、懐かしそうな表情で笑う。

「当時の二人って大学生と中学生でしたから、変なウワサもたってたみたいです。当時はまだ付きあってなかったんですけどね」

「じゃあ、そのころから二人は仲がよかったんだ」

白玉《しらたま》さんは小さく頷《うなず》く。

「私、仲がいい二人に嫉妬《しっと》して、間に割りこんでばかりいたんですよ。お姉ちゃんに近付いちゃダメってムクれて、他の日はお兄ちゃんと仲良くしちゃダメって姉にワガママ言って」

白玉さんは懐かしい記憶を探るように、優しい笑みを浮かべる。

「……二人のこと、好きなんだね」

「はい。私、姉のことが大好きです」

そうか、それならよかった。

白玉さんはお姉さんが好きな純粋な子で、八奈見《やなみ》たちが邪推《じゃすい》するような人間ではないのだ。

俺はどことなくチラつく違和感をぬぐうように言葉を続ける。

「それで田中先生とも仲がいいんだ」

「……キライですよ。あんな人」

「え」

気まずい沈黙が降りかかる。

チラリと時計を見ると、ちょうど昼飯時だ。

昼飯という単語に八奈見の顔を思い浮かべていると、

――トン。

茶色のサビ猫が白玉さんのヒザに乗り、重苦しい空気など構わずに体を丸める。

「あの人、本気で私を妹みたいに思ってるんです」

固い表情のまま、猫の毛をなでる白玉さん。

「私はずっと近所の小さな女の子のままなのに、お姉ちゃんはいつの間にかあの人のこと――雄二《ゆうじ》さんって呼び始めて」

サビ猫は合格とばかりに耳をピンと一回振ると、寝息をたて始める。

「……その時からずっと、あの人のこと先生って呼んでるんです」

言いながら、そっと猫の背をなで続ける白玉さん。

えーと、お姉さんたちがつきあい始めた時、すでに田中《たなか》先生が先生だったということは……。

「二人が付きあい始めたのって、遅かったんだ」

「はい。正式に付きあい始めたのは、お姉ちゃんが高校を卒業してからで。すごく大事にしてくれてるって分かってて」

白玉《しらたま》さんが自嘲《じちょう》気味な笑みを浮かべる。

「……少しだけ、私が大きくなるのを待っててくれてるのかなって。小学生の私はそんなこと考えて。本当、バカみたいですね」

そう言って笑おうとして、笑えずにうつむくと、白玉さんはか細い声をしぼりだす。

「……私が先に生まれていたら。田中先生のこと、なんて呼んでいたのかなって」

俺はかける言葉もなく黙り続けた。

恋だろうと夢だろうと、かなわないのがあたりまえで。

大切なものを手に入れるころには、数えきれないほどのなにかが、指の間からこぼれ落ちているのだろう――。

猫の寝息が深く規則的になったころ、白玉さんが再び口を開く。

「再来週の土曜日、二人は式を挙げるんです。ガーデンウェディングの素敵な式場で」

「え？　ああ、そうなんだ」

「それで先日、深夜に式場に忍びこみました」

「……ん？」

あれ、なんの話が始まった？

「ごめん。ちょっと俺、話を聞き逃《のが》したかも。式場がどうしたって？」

「ですから夜中に式場に忍びこんで、警察ざたになったんです」

聞き逃してなかった。

後輩の失恋話だと思っていたら、前科《ぜんか》の告白である。

「ええと、なぜそんなことを……？」

「お姉ちゃんが私の欲しい物、ぜんぶ先にもってっちゃうから。私も一つだけ爪痕《つめあと》を残して
――秘密を作りたかったんです。それで終わりにしたかったんです」

そこだけ聞くといじらしい少女の恋心だが、今回ばかりはノイズが多い。

「いや、それでどうして不法侵入を」

「姉のドレスを着て、チャペルで写真を撮ろうと思って。お姉ちゃんより先に」

「……秘密を作るにしても、法に触れないものはなかったの？　もう少し穏便《おんびん》な」

「はい。五つほど候補があったんですけど、一番穏便なものを選びました」

そうか、一番穏便なら仕方ない。俺は無言でカフェラテをすする。

白玉さんって、一見まともそうに見えたけどな……現実の女子って、みんなこんな感じなんだな……そうだ、帰りにラノベ買っていこう……。

俺が二次元への忠誠心を高めていると、白玉《しらたま》さんが力無く微笑《ほほえ》んでみせる。

「ごめんなさい、変な話しちゃって。聞いてもらって少し楽になりました」

確かに本当に変な話だった。

「ええと、気にしないで。もちろん誰にも言わないから」

「必要なら、話してもらって構いませんよ。先輩たちにはご迷惑おかけしましたから」

白玉さんは指先で猫の首元をいじりだす。

気持ちよさそうに身をよじる猫を見ながら、俺は聞いた話の整理を始める。

――きっと田中《たなか》先生とお姉さんは、ずっと昔から気持ちが通じあっていたのだろう。

年の離れた白玉さんはそのそばにいながら、憧れやさびしさや、色々な感情を胸に抱いていたに違いない。

「田中先生のこと、昔から好きだったんだね」

そんな俺の無神経なひと言に、白玉さんの指が止まる。

「だからキライですよ、あんな人」

「いやごめん、無神経なこと言っ――」

「だって！」

俺のいいわけをさえぎると、大きく息を吸って一気に言葉を紡ぎ出す、

「あの人、お父さんと同じような目で私を見てきて。お姉ちゃんを見るときだけいつもと違う

顔をするのに、私には見せてくれなくて。お姉ちゃんは昔から素敵でモテたのに、あんな人はもったいなくて。お兄ちゃんだったのに田中先生になっちゃって――」

もう一度息を吸い――今度は小さな声で、呟《つぶや》く。

「……じきにお義兄《にい》さんって呼ばなくちゃいけなくて」

白玉さんの小さな肩が震えだす。

「えっ、あの、大丈夫？　つらいのならそれ以上話さなくても」

白玉さんは首を横に振る。

大きな瞳にたまった涙がひと筋、流れ落ちる。

「あのね、雄二《ゆうじ》お兄ちゃんは、ずっとお姉ちゃんのことだけ見てるから、リコちゃんが本当の妹になるなんて嬉しい――とか言うんだよ」

……ずっと好きだった人が自分の義兄になる。

いまの気持ちを、決して気付かれてはいけない。

これまでの想いもすべて、兄として慕《した》う気持ちに塗りかえて。隠して、生きていく。

こらえきれずにこぼれた涙が、次々と落ちていく。

「……でね、わたしね、可愛《かわい》くなろうとがんばって。お姉ちゃんの雑誌も、お化粧道具も勉強して。教科書よりも鏡をいっぱい見て……研究して可愛くなって……いつか……お兄ちゃんが……私……私を……」

うつむいて涙をこらえる背中の震えが、だんだんと大きくなる。

「あんな人……大嫌い……嫌い……キライ、だもん」

「あ！　猫で涙ふいちゃダメだって」

「……じゃあ、肩を貸してください」

「っ?!」

返事を待たず、白玉《しらたま》さんは横からもたれかかるようにして、俺の肩に顔をうずめる。

肩に伝わる小さな重み。

白玉さんは俺の肩にしがみ付くようにしながら、しゃくりあげるように泣き続けている。

……仕方ない。このまま泣かせておくしかない。

肩に白玉さんの体温を感じながら、ぼんやりと辺りを見回す。

この席に座ったのは失敗だったな。

モールの通路に面した壁は大きなガラス窓になっていて、ここは外から丸見えだ。

別にやましいことはないが、知り合いにでも見られたら──。

視線を上げた俺は、思わず出そうになった悲鳴を飲みこんだ。

殺し屋のような目をした女が二人、ガラスに貼りつくようにして俺たちを見ているのだ。

──八奈見杏菜《やなみあんな》と小鞠知花《こまりちか》。

なんだか、窓に貼りつくヤモリに似てるな……。

俺はそんなことを思いながら、肩に顔をうずめて涙を流す女の子に視線を落とす。

白玉リコ――絶対にバレてはいけない負けヒロイン。

そして彼女が、文芸部の廃部を逃《のが》れる希望でもあるのだ――。

◇

イオンモール豊川《とよかわ》での修羅場《しゅらば》（？）の翌日。

放課後、俺は部室によらずに自宅にまっすぐ帰っていた。

――白玉さんの涙の告白。田中《たなか》先生への気持ちと秘密。

自分の中で受けとめきるには、もう少し時間が必要だ。

「お帰りなさい、お兄様」

パタパタとスリッパを鳴らしながら佳樹《かじゅ》が出むかえてくる。

「ただいま。佳樹、今日は早く帰れたんだ」

「はい、桃園《ももぞの》生徒会の仕事もひと段落つきましたので」

「そうか、最近いそがしかったもんな」

俺がリビングに入ろうとすると、佳樹《かじゅ》がその前に立ちふさがる。

「お兄様、お部屋で着替えないんですか？」

「録画したアニメを見ようと思って。……なんでリビングに行かせてくれないんだ？」

「熱いお茶を淹《い》れますから、先に着替えてきませんか？　お煎餅《せんべい》もありますよ」

「え、ちょっと――」

佳樹はバスケットのディフェンスばりに俺の進路をふさぐと、俺を階段に追いやる。

なんか知らんが、佳樹がそうまでするなら理由があるのだろう。

素直に自室の前まで来た俺は、ドアノブに伸ばした手を止める。

――リビングになにかある。

佳樹の行動からしてそう思いこんでいたが、ここでもう一つの可能性に思い至《いた》る。

俺を部屋に行かせたいという可能性だ。

部屋になにかあるのか。もしくは――部屋にあったなにかが見つかったのか？

マズい、カーペット裏のアレは無事だろうな。

あわてて扉を開けると、

「お帰り、温水君《ぬくみず》。よく来たね」

「よ、よく顔、だせたな」

いま一番会いたくない連中がそこにいた。

八奈見杏菜《やなみあんな》と小鞠知花《こまりちか》。しかも二人して俺の本棚をあさっている。やめろマジで。

「二人とも、なんでここにいるんだ?」

動揺《どうよう》をおさえながら部屋に入ると、二人がジト目を向けてくる。

「決まってるじゃん。昨日はろくに説明もせずに逃げたでしょ?　白玉《しらたま》ちゃんとなにがあったのさ」

「お、女の敵め」

今回ばかりは反論できない。

……いやしかし、よく考えれば俺はなにも悪くない。うん、悪くない。

「二人とも待ってくれ。確かに俺は白玉さんと黙って姿を消したが、それにはちゃんとワケがあるんだ」

「へえ、じゃあ猫カフェでのアレも、ちゃんと納得できる理由があるんだ?」

俺は八奈見にむかって大きく頷《うなず》く。

「ああ、彼女が俺の肩にしがみついて泣いてたのも、ちゃんと理由があるんだ」

「――その理由、佳樹も気になります」

「っ?!」

背後からの声に慌てて振り返ると、佳樹《かじゅ》がお茶と煎餅《せんべい》を乗せたお盆を手に、ニコリと微笑《ほほえ》んでいる。

「佳樹、いつからいたんだ？」

「いまきたところです。お兄様、熱いお茶をお持ちしました」

佳樹はちゃぶ台にお茶を並べだす。

「ありがと。お兄ちゃんたちはいま大人の話をしてるから、佳樹は外してくれるかな」

「大丈夫です、佳樹はもう大人ですから」

佳樹は４つ目の湯呑《ゆのみ》を置くと、ストンと腰を下ろす。

俺がなにか言う前に、八奈見《やなみ》と小鞠《こまり》もちゃぶ台の周りに座る。

「温水君《ぬくみず》も座りなよ」

「か、観念しろ」

「お兄様、お茶が冷めますよ」

小鞠と佳樹が座布団をポンポン叩き、八奈見が煎餅をボリボリ食べながら、無言でクイッとあごをしゃくる。

……正直、この中に座りたくない。

しかも俺を助けてくれそうな佳樹までも、この無慈悲《むじひ》な輪に加わっているのだ。

覚悟を決めて腰を下ろすと、八奈見が煎餅の残りをゴクリと飲みこむ。ちゃんと噛《か》め。

「はい、温水君が座るまで1分間かかりました」

八奈見が校長先生みたいなこと言いだした。

「え、どういうこと……？」

「私たち三人の時間を合わせて3分奪《うば》ったのです。3分といえばカップラーメンが完成するまでの時間だよ。反省してください」

反省する理由も分からんし、お前が2分で食いはじめることも知っている。

いつもどおりの八奈見に落ち着きを取り戻した俺は、ゆっくりと熱いお茶をすする。

「さて、なにから話そうか。なんでも聞いてくれ」

八奈見が2枚目の煎餅に手をのばしながら口を開く。

「まずは日曜日、二人で抜けだしてなにやってたの？」

「それはほら、プライベートな話だから。他の質問はないか？」

「………」

バキン。八奈見の口元で、煎餅が小気味いい音をたてる。

無言の八奈見をチラ見してから、小鞠が身を乗りだしてくる。

「じゃ、じゃあ、あの子を泣かせてたのはどういうわけ、だ？」

ふむ、そこに目をつけるとは小鞠もするどいな。

「それは俺と白玉《しらたま》さんの話だし、心のポケットに入れておこうと思う。さあ次の質問は」

言いながら煎餅《せんべい》に手をのばすと、佳樹《かじゅ》が煎餅の入った器を俺から遠ざける。

「……お兄様、佳樹は悲しんでいます」

「え、どうした?」

佳樹は沈鬱《ちんうつ》な表情で、煎餅の器を八奈見《やなみ》に手渡す。

「お兄様の冷たさが悲しいのです。文芸部のメンバーは家族同然の存在だと、常日頃から口に――」

「温水《ぬくみず》君、そんなこと言ってるの?!」

驚いた拍子に、3枚目の煎餅をろくに噛《か》まずに飲みこむ八奈見。

「……お兄ちゃん、そんなこと言ってないよな?」

「言ってません。でも瞳がそう語っています」

そうか。俺の瞳、信用ならない。

そしてそれ以上に俺を信用してない3対《つい》の瞳が俺を見つめる。

「俺は別に白玉《しらたま》さんと悪いことしてたわけじゃ……」

もぞもぞと言い訳を始めるが、三人の表情は変わらない。

八奈見は溜息をつきながら、小さな黒いカードを取りだした。

「温水君がそういうつもりなら仕方ないね」

「……? なにそれ」

「SDカードです。この部屋のカーペットの裏に貼りつけてありました」

よし、返せ。

手を伸ばそうとした俺は、佳樹の視線を感じて素知らぬ顔で目をそらす。

「……ただの成績管理用のデータだって。パスワードもかけてるし」

八奈見が表情を変えずに、佳樹にSDカードを差しだす。

「妹ちゃん、パスワードに心当たりは？」

「お兄様のパスワードは推し声優の誕生日なので、少し時間をいただければ」

「っ?!」

これはマズい。集めた画像もそうだが、整理分類したフォルダ名も禁則事項だ。

ええと……そういえば猫カフェで、白玉さんが『必要なら話しても構わない』って言ってたな。つまりこいつらに事情を話しても問題はないはずだ。うん、問題ない。多分。

「……分かった。あの日なにが起こったか、すべて正直に話そう」

俺は神妙《しんみょう》な表情を作ると、三人の顔を見回す。

ゴクリ、とツバを飲みこむ脅迫者《きょうはくしゃ》たち。

――決して、脅《おど》されたから後輩を売るわけではない。決して。

◇

「……し、死ね」

話し終えた俺への第一声がこれである。

小鞠《こまり》はゴミを見る目を俺に向け、煎餅《せんべい》をカシカシとかじる。

「お前、俺の話を聞いてたか？　どう考えても俺は悪くない。けなげな後輩をなぐさめる優しい先輩そのものだろ」

まったく話の分からないやつだ。

溜息をつきながら煎餅に手をのばすが、最後の一枚を佳樹《かじゅ》が素早く手に取った。

「お兄様、あの方はいけません。お兄様には早すぎます」

「そんなこと言ったたって――」

「いけませんったら、いけません」

拗《す》ねたようにプクリと頬《ほお》をふくらませて、そっぽを向く佳樹。

佳樹までどうした。やれやれ、この調子じゃ八奈見《やなみ》もご機嫌ナナメにちがいない。

覚悟をして視線を向けると、八奈見が目元をハンカチで押さえている。

「うぅ……そんな事情が……」

予想に反してメッチャ泣いてる。ガチ泣きだ。

「え、どうしたの八奈見さん？」

身を乗りだして、ちゃぶ台をバンと叩く八奈見《やなみ》。

「温水《ぬくみず》君はなんとも思わないの!? 白玉《しらたま》ちゃんメッチャかわいそうでしょ！ 泥棒猫《どろぼうねこ》に幼馴《おさな》染《じみ》をとられるなんて許しちゃダメだよ、法規制すべきだって！」

「白玉さんのお姉さんも幼馴染だぞ。むしろ白玉さんが泥棒猫だし、法で規制される立場だ」

「えっ、幼馴染なのに罪に問われるのっておかしくない……？」

幼馴染、そんなに強いカードじゃないぞ。

八奈見はスンスンと鼻をすすりあげながら、思案顔で首をかしげている。

よし、話を切りあげるならこのタイミングだ。

「話も終わったし、今日はこれでお開きにしようか」

そう言って立ちあがろうとすると、小鞠《こまり》と佳樹《かじゅ》が左右から俺の服をつかんでくる。

「お兄様、佳樹はまだ最後まで聞いてません」

「え？ でもあの日なにがあったか、全部話したし」

「て、停学の理由、知ってるんだろ」

ジロリと前髪越しに俺をにらむ小鞠。

「ええと、なにがあったか話すとは言ったけど、会話の内容まで言わなくても——はい、全部話します」

屈するなら早いほうがいい。

白玉さんの結婚式場侵入事件のあらましを説明すると、すっかり冷めたお茶を飲む。

「これでもう、かくしごとはないぞ。これが俺の知る全部だ」

「はい、お兄様よく言えました」

佳樹が頭をなでてくる。俺の妹、優しい。

途中からあきれ顔で話を聞いていた八奈見は、ズビーッと鼻をかむと、丸めたティッシュをゴミ箱に投げる。

「よくそれで停学ですんだよね。普通に犯罪だし」

八奈見がめずらしくまともなことを言う。

ちなみに投げたティッシュは外れたので、責任持って片付けてほしい。

「お姉さんのウェディングドレスを着て、先にチャペルで写真を撮りたかっただけだろ。女の子らしい、可愛《かわい》い望みじゃん」

「だからって、夜中に式場に忍びこむって普通じゃないよね？」

うん、普通じゃない。八奈見、年内の正論を使い切りそうな勢いだ。

確かに白玉さんは可愛いが――普通じゃない。

日頃、普通じゃない女に囲まれている俺ですらそう思うのだ。

部員欲しさに、白玉さんの人となりから目をそらしていたのは否定できない。

「まあ、八奈見さんの心配はもっともだと思うよ」

「だよね。無理に入部させてもお互いに――」

八奈見《やなみ》が言いかけたその言葉を、

「で、でも！」

小鞠《こまり》の裏返った声が塗りつぶす。

驚く俺たちの視線に、オドオドしながら顔をふせる。

「て、停学は終わったし、そこにこだわるのはあんまりよくない――かも」

態度とは裏腹にハッキリとした口調。俺はコクリとうなずいてみせる。

「ああ、俺もそれが言いたかったんだ」

八奈見が『ウソだよね？』という視線を向けてくる。

もちろんウソだが、俺は堂々とした態度で三人を見回す。

「俺たちは審査する立場でもなんでもない。同じツワブキの生徒だし、小抜《こぬき》先生の頼みで預かっている後輩だ。できるだけ味方になってあげたい」

シン、と静まりかえる室内。あれ、外したか……？

不安に思っていると、八奈見が小鞠と視線を交わしてから、口を開く。

「とはいえ、私たちも事情を聞いちゃったじゃん。お姉さんの結婚式はまだなんでしょ？　あの子がなにかしでかしたら、文芸部の責任になるかもしんないよ」

「そうかもしんないけど、でも……」

俺が口ごもると、八奈見がヤレヤレとばかりに肩をすくめる。

「それじゃ私たちも一度、あの子とちゃんと話してみるよ」

「え、いいのか？」

「女の子同士のほうが、なにかと分かり合えることもあるしね。それでいい？」

コクコクと頷《うなず》く俺の前で、八奈見が大きくのびをする。

「よし！　じゃあ難しい話はこれまで。なんか小腹空いたなー」

それを聞いた佳樹《かじゅ》が立ちあがる。

「佳樹、お茶のお代わりを淹《い》れてきますね。ついでになにかお菓子を持ってきます」

「妹ちゃん、なんか催促《さいそく》したみたいでごめんねー」

そう言ってパタパタと手を振る八奈見。

みたいもなにも、メッチャ催促してただろ……。

佳樹が部屋から出たのを確認すると、俺は改まって八奈見に向きなおる。

「それで八奈見さん、さっきのＳＤカードだけど……」

「あ」

八奈見は四つんばいでズリズリはいずると、床から丸めたティッシュを拾いあげる。

「鼻かんだティッシュといっしょに丸めちゃった。いる？」

無邪気な表情の八奈見。俺は感情を殺しながら首を横に振る。

八奈見《やなみ》は無邪気な顔のまま頷《うなず》くと、ティッシュをゴミ箱に放りこんだ。

◇

白玉《しらたま》リコ面談記録　面談者：八奈見杏菜《あんな》

被面談者白玉リコ（以下「白玉ちゃん」とする。）は、緊張の面持ちで私の向かいに座りました。つられて私まで少し緊張してきます。

ミックスゼリーの袋を差しだすと、白玉ちゃんは四角いゼリーを一つ手に取りました。手が細くてちっちゃくて、肌が白くてきれいです。白玉肌です。

ですが私だって、1年のころは負けてませんでした。本当です。

——ありがとうございます。外側がオブラートのやつですね。私これ、好きなんです。

白玉ちゃんは嬉しそうにゼリーの包みを開きます。

そう、私もたくさん食べてきましたが、ゼリー菓子は砂糖よりオブラートがベターです。口の中にペタペタくっつくから、長く楽しめます。

――豊橋《とよはし》ではこれですね。他の地方だと砂糖がけが多いのは驚きましたけど。

……？　周りに砂糖がかかってるやつって、お祝いの時にしか食べない高級品ではないのでしょうか。ちっちゃなころ、父さんからの誕生日プレゼントは常にそれだったのです。

それを伝えると、白玉ちゃんはコロコロと笑います。

――初耳です。面白いお父さんですね。

ニコリと笑ってゼリー菓子を口に入れる白玉ちゃん。

八奈見家の家族会議が決まりましたが、気を取りなおして本題に入ります。

「あのね、白玉ちゃん。こないだの日曜日のことなんだけど」

白玉ちゃんの動きがピタリと止まります。

私が再び口を開こうとすると、白玉ちゃんは勢いよく頭を下げました。

――はい。ごめんなさい、部長さんを独りじめしちゃって。反省してます。

「……温水《ぬくみず》君は好きにしていいんだけど？」

――いいんですか？　私、部長さんが素敵な方だから、甘えすぎちゃってるかなって。今日は八奈見《やなみ》先輩に叱《しか》られるのを覚悟してきたんです。

……？　白玉《しらたま》ちゃんはなにを言っているのでしょう。

温水君を素敵だとか、よほど切羽詰《せっぱつ》まっているとしか思えません。

先輩として迷える後輩を導く責務があります。私は真面目な顔で背筋《せすじ》をのばします。

「白玉ちゃん、落ち着いてよく聞いて。温水君だよ？　誰かと勘違いしてない？　シスコンでコミュ障のくせに毒舌で、私より体重が……いや、最後のはなんでもない」

白玉ちゃんは可愛《かわい》らしく首をかしげながら、不思議そうな顔をします。

――ええと、多分大丈夫だと思います。

あの、つまり八奈見先輩は……部長さんと、お付きあいされてるんですか？

っ?!　白玉ちゃんはなにを言いだしたんでしょう。私は思わず立ち上がります。

「してないけど？　なんでそう思ったの？　私なんか悪いことした？」

……おっと、思わず我《われ》を忘れてしまいました。私の勢いに白玉ちゃんがおびえています。

そんなところも可愛いですが、私だって昔はちょっとしたものだったんです。

私は腰を下ろすと、落ち着くためにゼリーを一個かじります。

「ええとね。文芸部は恋愛禁止だし、そういうのないから。第一、温水君ってクラゲみたいなものだし……って、私たちなんの話してたっけ？」

――さあ、なんの話でしょう……？

白玉ちゃんはこめかみに人差し指を当てると、困ったような顔をします。

可愛いです。可愛いですが、私だって入学当時はすごかったんです。信じてください。

◇

放課後の視聴覚室。

八奈見《やなみ》の面談報告を読み終えた俺は、ゆっくりとモニターから視線をはずす。

なんなんだこの報告書。

「……八奈見さん、俺なんか悪いことした？」

「温水《ぬくみず》君は存在自体が悪なんですけど？」

「あ、悪党め」

なぜか俺を責める八奈見と小鞠《こまり》。

こいつ、白玉《しらたま》さんと分かりあうために二人きりで話をしたんじゃなかったのか……？

「ええと、小鞠はどう思った？　俺のことを素敵とか言ってるし、彼女は真実を見抜く目を持っていると思うんだが」

「ふ、節穴にも、ほどがある」

不機嫌そうにそっぽを向く小鞠。

八奈見は再びキーボードの前に座ると、報告書の続きを書きはじめる。

「八奈見さんのモテエピソードは追加しなくていいから。白玉さんの人となりを知るのが目的なんだし、もっと先に書くことがあるだろ？」

キーボードをたたく手を止め、俺をジロリと睨《にら》む八奈見。

「温水君が悪いんだよ？　デレデレしてるから、素敵だなんて誤解が生まれるんだって」

俺の人生、そんな素敵な誤解があってもよくないだろうか。

八奈見と言いあらそっていると、小鞠が意を決したように立ちあがる。

「じゃ、じゃあ私があの子と話、してくる」

……小鞠が？　驚く俺たちをドヤ顔で見下ろす小鞠。

「お、女同士のほうが、なにかと分かりあえる、から」

「そのセリフ、昨日もどこかで聞いた気がするんだが」

とはいえ、やる気になったのなら任せるしかない。頼むぞ――文芸部副部長。

◇

白玉リコ面談記録　面談者：小鞠知花《ちか》

私が部室に入った時、彼女は宿題をしていた。

向かいの椅子《いす》に座るが、私に気付く様子はない。

……やむを得ない。私はスマホで読みかけの本を読む。

「あれ、小鞠《こまり》先輩いらっしゃったんですね。声をかけてくれればよかったのに」

時間にしたら数分程度だったろう。

彼女は私に気付くと、照れたように笑って筆入れに筆記用具をしまった。

「今日はみなさんどうしたんですか？　一人ずつ部室に入ってきて、まるで面接を受けているみたいですね」

笑顔にまぎれた探るような視線。

彼女もなにかに勘づいているのだ。あえて私は、素知らぬ顔でスマホを見る。

「日曜日のことで私に話があるんですよね？　どうぞ、なんでも聞いてください」

しびれを切らしたのだろう。彼女からそんなことを言いだした。

セオリーならここから話を切りだすのがよいのだろう。

だが文芸部の部員として、言葉の無謬性《むびゅうせい》とは常に向きあう必要がある。あえて口頭での会話ではなく、スマホでのコミュニケーションを選択しようとした矢先、予想外の事態が起こった。

「えーと、スマホの充電が切れそうなんですか？　私のケーブル使います？」

そう、バッテリーの容量が限界をむかえたのだ。

私はやむを得ず退室を選択した――。

◇

こっちも、なんだこれ。

俺は小鞠の報告書を読み終えると、なにか言いたげな八奈見《やなみ》と視線を交わす。

「小鞠、ひょっとして黙って座ってただけか？」

椅子《いす》の上でビクリと身体《からだ》を震わせると、小鞠は涙目でボソボソつぶやく。

「が、頑張ったし……」

「うん、頑張ったよね。温水《ぬくみず》君、その言いかたはひどくないかな？」

八奈見が小鞠の頭をヨシヨシとなでる。ええ……八奈見だって俺と同じこと考えてただろ。

俺は気を取り直して二人に向き直る。

「ええと、二人には白玉《しらたま》さんと面談をしてもらったわけだけど。残念ながら当初の目的を達しているとはいいがたい」

「当初の目的って？　私たち、そんなこと聞いてないんだけど」

八奈見《やなみ》が足を組み、俺に挑発的な視線を向けてくる。

「言うまでもないだろ。彼女の心を開いて、俺たちは味方だって伝えることだ。そうやって社会との繋がりを保《たも》つことが、彼女の再犯を防ぐことになるんだぞ」

「えっ、私たちのミッションってそんなに重かったの……？」

重かったのだ。もっとまじめに取り組んでほしい。

「まあ、こんなものか。じゃあ部室に白玉さんを待たせてるから、俺たちも」

言いかけた俺は、八奈見たちの視線に気付く。

「どうした、二人とも」

答えの代わりに俺をジロリと見る二人。

「ねえ、それだけ言うなら温水《ぬくみず》君はどうなのさ」

「え？　どうなのって」

「つ、次はお前の番、だぞ」

……俺の番って？　俺が白玉さんを面談するってこと？　俺は顔の前で手を左右に振る。

「無理だって。いつも言ってるけど、俺は女子が苦手なんだ。あの時は流れで仕方なかったけど、二人きりで話をするとか無理……あれ、どうしたの二人とも？」

八奈見と小鞠《こまり》はゆらりと立ち上がると、殺気に満ちた表情で俺を見下ろす。

「あれれー？　苦手なわりには、猫カフェでイチャイチャしてませんでしたかー？」

「ね、猫にわびろ」

待て、なんで俺に矛先《ほこさき》が向いているんだ……？

「だけど男の俺だと、白玉さんが心を開いてくれないだろ？」

「あの子に言わせれば、温水君は素敵な部長さんなんでしょ？　適任じゃん」

「お、女の敵め」

……なんか最近、この二人の攻撃性が増している気がする。

◇

コンコン。部室の扉をノックすると、中から『どうぞ』と白玉さんの声がする。

そっと扉を開けると、白玉さんがかしこまった笑顔を向けてくる。

「どうぞ、そちらに座ってください」

「あ、はい」

うながされるままにテーブルの向かいに座る。

「ではお名前と、志望動機を1分以内でのべてください」

へ？　キョトンとする俺を見て、白玉《しらたま》さんが口をおさえてクスクス笑う。

「ごめんなさい。なんだか入試の面接を思いだして、ふざけちゃいました」

なるほど、可愛《かわい》い子は冗談も可愛いな。

……おっと、しみじみしている場合じゃない。

「こっちこそごめんね、なんか変な感じになっちゃって」

「いえ、先輩たちが不安に思うのは当然です。お二人に——話したんですよね？」

ふと真面目な顔になる白玉さん。俺は内心で気おされながら、どっちつかずな笑みを浮かべる。

「いやまあ、一応は言っておかないと……」

「気にしてませんよ。私だってこんな女、怖いですから」

口ごもる俺にむかって、自嘲《じちょう》気味に笑う。

……あまりいい流れではない。俺は表情を引きしめると、改めて白玉さんに向き直る。

「勘違いしないでほしいんだけど、俺たちは白玉さんを責めるつもりはないんだ。もう少しお互いを知って、文芸部が居場所になってもらえたらって。ええと……」

続く言葉を探すが、そんな都合のいいものが転がっているわけもなく。

俺は開き直りにも似た気持ちで、言葉を繋ぐ。

「俺も小鞠《こまり》も、１年の時はクラスに居場所がなくてさ」

唐突な自分語りに、白玉さんがなにかを言いかけて、口を閉じる。

「それがいけないとは思わないけど。文芸部があって、それを通じて友達――もできてさ。いまになってみれば、悪くはなかったかなって」

言い終えると、俺は照れくささに頬《ほお》をかく。

しばらく黙っていた白玉さんが静かに呟《つぶや》いた。

「……みなさん優しいですね」

「いやまあ、優しいというか、周りにしてもらったことを返してるだけというか……」

白玉さんは笑顔を作ろうとして、すぐにあきらめて。

「……でも私、自分の気持ちをあきらめきれないんです」

「ええと、それは――」

白玉さんはフルフルと首を横に振る。

「お兄ちゃんを奪おうとか、そんなこと思ってないですよ。……無理なのも分かってますし」

再び声に自虐《じぎゃく》が混じる。

「だけど私、思い残したくないんです。全力でぶつかって、爪痕を残して。そうして自分の気持ちにケリをつけようと思うんです」

抑揚《よくよう》のない低い声。

静かな独白が部室に染み渡ったころ、俺は口を開く。

「ええと、具体的にはなにをするつもりなの……？」

無粋とは知りつつも、たずねないわけにはいかない。

なにしろこいつは前科一犯。罪を重ねようとするのを、見すごすわけにはいかないのだ。

「……そうですね、前回はお姉ちゃんのドレスを着てチャペルで写真を撮るつもりだったんですけど。二つほど誤算があって」

「誤算？」

白玉《しらたま》さんは大きな両目をパチリとすると、いつものような表情の読めない笑顔に戻る。

「一つ目は、ドレスは直前まで式場には持ちこまないらしくて。完全に無駄足でした」

へえ、そうなんだ。勉強になるなあ……。

俺はツッコミ回路の電源を切り、素直に頷《うなず》く。

「二つ目は、深夜なら人目につかないと思ってたんですけど、建物に入ったら警備会社が飛んできちゃって。プロってすごいですね、気がついたら囲まれていて警察も――」

「それよりさ！　そもそもどうやって建物に入ったの？　鍵かかってたでしょ？」

慌てて話題をそらすと、白玉さんはキラキラと目を輝かせる。

「はい、自作の器具で鍵を開け――」

マズい、俺が立っているのは地雷原《じらいげん》の真ん中だ。

「よし、話を変えようか！　やっぱり他人に迷惑をかけるのはよくないよね」

「はい、私も前回でこりました。次はもう少し穏便《おんびん》な方法でがんばります」

テヘ、と自分の頭をコツンと叩く白玉さん。

こいつ反省してないだろとか、でも可愛《かわい》いからいいかとか色々思うところはあるが、まずは法に触れないのは大切だ。うん、頼むぞホント。

「安心してください。文芸部のみなさんにはご迷惑をかけないよう――距離を置きます」

「……え？」

スルリと指の間からなにかが逃げだした。そんな心細さが俺をつつむ。

「待っ――」

「私のやることで文芸部にご迷惑をおかけするわけにはいきませんから。この先は一人でやろうと思います」

カバンを手に、音もなく立ちあがる。

「いや、あの」

「もし全部上手《うま》くいって、ツワブキに残れたら……もう一度、ここに来ていいですか？」

――ツワブキに残れたら。

つまりそれは、学校を去る覚悟でなにかをしでかすということだ。

俺は椅子《いす》を揺《ゆ》らしながら立ち上がる。

「待って白玉《しらたま》さん。一人でやるって……それは良くないって」

「それじゃあ。私と一緒にワ、ル、イ、コ、トー──してくれるんですか？」

「え、それは」

口ごもる俺に微笑《ほほえ》みかけると、白玉さんはドアノブに手を伸ばす。

──ずっと俺もそうだった。

他人と距離を置いて。独りになろうとして。

文芸部の連中もそうだ。

すぐに自分一人で決めつけて。自分だけで抱えこもうとして。

だけど俺に手を伸ばしてくれたのは、そんな厄介《やっかい》な連中で──。

俺は数歩の距離を一気に詰めると、白玉さんの腕をつかむ。

「ダメだ、白玉さん」

俺の言葉に、白玉さんの身体《からだ》がこわばる。

「……みなさんに迷惑をかけたくないんです」

うつむいたまま、消え入りそうな声で呟《つぶや》く。

「好きなだけかければいいよ」

八奈見《やなみ》だって、焼塩《やきしお》だって、小鞠《こまり》だって。それどころか先輩だって。もちろん俺だって。

ひたすら迷惑をかけて、かけられて。

それでも一緒にいて、迷惑だなんて一度も――いや、5回や6回くらいは思ったかもしれないが、イヤだなんて思ったことはない。

「思いつめている時こそ独りになっちゃダメだ。俺が――文芸部が一緒にいるから。だから」

こわばっていた白玉さんの腕から、力が抜けていく、

「一緒に……？　いいんですか……？」

「ああ、もちろん」

白玉さんが勢いよく振り返る。

瞳に浮かぶ大粒の涙は、いまにもこぼれ落ちそうだ。


「私を手伝ってくれるんですね！」


ああ、もちろ――え？　俺、そんなこと言ったっけ。

俺が言ったのは、独りになっちゃダメで、文芸部が一緒にいるって……あれ？

「えっと、その、まあ確かに一緒にいるって言ったよね。ええと」

「ありがとうございます。私、不安で。でも、こんなこと言ってもらえるなんて思ってもいなくて。あ、やだ。こんなところで泣いちゃうと、あざとい女だって言われちゃいますね」

フフッと笑いながら涙をぬぐう白玉《しらたま》さん。

可愛《かわい》いけど、いや待って。俺、そんなつもりは――。

バタン。その時、部室の扉が勢いよく開くと、二人の旧部員が飛びこんできた。

「白玉ちゃん、ちょっとコレ借りてくね！」

「こ、こっちこい、コレ！」

「え、ちょっと」

コレこと俺は、強引に廊下《ろうか》に連れだされる。

「温水《ぬくみず》君、本気なの?!　あの子の犯罪に手を貸すつもり?!」

「つ、つもりなの、か？」

八奈見《やなみ》が俺の胸を指で突き、小鞠《こまり》のしばった髪がピコピコゆれる。

「いや、そんなつもりはなかったけど、流れってあるじゃん？　こう、空気的なものが」

「いつもは読めないのに、なんでいまなの?!　それこそ空気読みなさいよ！」

「は、反省しろ！」

みなさん、俺批判はやめてください。

この場をどうやって乗りきろうか考えていると、部室の扉がゆっくりと開き、中から白玉さんが顔をだす。

「あの……なにか私、ご迷惑おかけしてますか？」

白玉《しらたま》さんの不安そうな表情。

俺たちは無言で視線を交わすと——観念《かんねん》して首を横に振った。

Intermission 夜のお菓子は止まらない

白玉さんのお勤め明けから1週間。

放課後の部室には八奈見《やなみ》と小鞠《こまり》、そして仮部員の白玉の姿があった。

八奈見はプリッツをポリポリかじりながら、部室の扉をぼんやりと眺める。

「ねえ、温水君《ぬくみず》はどこいったの？」

「ほ、保健室に、呼びだされてた」

小鞠がスマホから顔を上げずに答える。

「あー、小抜《こぬき》先生か。温水君、部長だかんねー」

ポリポリポリポリ。八奈見は指先でプリッツの端《はし》を口に押しこむと、箱を白玉に差しだす。

「ねえ、白玉ちゃん。これ食べる？」

「あ、はい。いただきます」

黄ばんだ部誌を読んでいた白玉は、表情をいつもの笑顔に切りかえる。

箱から取ったプリッツの小袋を開けながら、こらえきれないようにクスリと笑う。

「白玉ちゃん、なにがおかしいの？」

「ひょっとして八奈見先輩と私、似てるのかなって」

プリッツをコリコリかじりながら、白玉《しらたま》が可愛《かわい》らしく首をかしげる。

「へ？　サラダ味派だってこと？」

「それもありますけど。私もいつもお菓子とか持ち歩いてんるんですよ。ほら」

白玉は可愛らしいソフトキャンディの袋を取りだす。

それを見て、八奈見《やなみ》は得たりとばかりに頷《うなず》く。

「白玉ちゃんも分かってるね。女の子とお菓子ってイコールだけど、男子ってそういうの分かってくんないじゃん？　いつも私に食べすぎとかそんなことばかり──」

グチりだした八奈見を見ながら、白玉が小さく首をかしげる。

「部長さんのことですか？」

「……違うけど？　温水《ぬくみず》君の話なんかしたっけ」

真顔で否定する八奈見。白玉はしばらく不思議そうにしていたが、スルーを決めたのだろう。笑顔でソフトキャンディの袋を差しだす。

「よければこれどうぞ」

「ありがと！」

「小鞠《こまり》先輩もいかがですか？」

「うぇ……あ、ありがと」

部室に流れるなごやかな空気。

八奈見はソフトキャンディをモキュモキュとかみながら、しきりに頷く。

「やっぱお菓子はいやしだよね。手放せないよ」

「はい。私、がんばって食べないとすぐやせちゃうから、大変なんです」

「……え？」

八奈見の表情が凍りつく。

白玉は無邪気な表情で首をかしげる。

「先輩もそうなんですよね？　ご飯だけじゃ体重減るから、いつもお菓子を」

「…………うん」

八奈見、肯定《こうてい》する。

なにか言いたげな小鞠を一瞥《いちべつ》で黙らせると、八奈見は真顔で身を乗りだす。

「……ねえ、白玉ちゃん。コツとかあるの？」

「コツですか？　ええと、時間を見つけて小まめに食べることですかね」

「それでやせるの？」

「？　いえ、やせないようにするコツです」

八奈見、黙る。

白玉はその反応に気付いていないのか、笑顔で話しだす。

「昨日なんて寝る前にケーキを食べちゃったんです。お肌に悪いから本当はダメなんですけど、あんまりお夕飯食べられなくて。先輩は寝る前に、なにか食べたりします？」

「私も昨晩は……カップラーメンを……」

言いながら、八奈見《やなみ》は力無くうつむいていく。

オロオロする小鞠《こまり》の前で、白玉《しらたま》は笑顔で両手を合わせる。

「すごいです！　私、カップラーメンとか全部食べられなくて。大盛りのカップ麺《めん》とか、運動部の男子くらいしか食べきれませんよね？」

「うん……そうだね……」

燃えつきた線香《せんこう》のように色を失っていく八奈見と逆に、水を得た魚のように話し続ける白玉。

小鞠は震える手でヘッドホンを耳に差すと、スマホの音楽プレイヤーを立ちあげる。

「コンビニのお弁当も最近は残さずに食べられるようになったから、私も少しだけ成長しているのかもしれません。八奈見先輩はたくさん食べるコツとかありますか？」

「後入れの調味料は……最初に全部……入れちゃうことかな……」

なんとか言い終えると、八奈見はうつむいたまま動かなくなった。

そして小鞠は音もなく立ちあがり、壁に額をつけたまま固まる。

「あの、お二人ともどうかしましたか……？」

答えはない。

まるで屍《しかばね》のような二人の先輩に戸惑いながら、白玉は再び古い部誌を開いた――。

～３敗目～　蛇《じゃ》の道でしたらお任せを

なし崩しで悪事《あくじ》に手を貸すことになってから、一夜があけた。

昼休み、旧校舎の非常階段。

俺は踊り場の手すりに背中を預けながら、牛乳のパックにストローをさす。

「悪い、急に集まってもらって」

俺の正面、階段に座って弁当箱の包みを開けているのは、綾野光希《あやのみつき》と桜井弘人《さくらいひろと》。

「温水《ぬくみず》。改まって話があるなんて、なにかあったのか？」

綾野は不思議そうな顔をしながら、うずら卵のベーコン巻きを口に入れる。

両親が料理好きらしく、こいつの弁当はいつも色とりどりだ。

「覚悟はしてるよ。なんでも言ってよ」

桜井君は菩薩《ぼさつ》のような笑顔でそう言うと、フキの煮物を箸でつかむ。

彼は最近弁当作りを始めて、会長の分も毎日作っているという。結婚してくれ。

「ありがと。実は文芸部で預かってる新入生の件で相談があって」

……さて、いまさら隠し事をしても仕方ない。

俺は今回起こったことを順を追って、説明する。

聞き終えた綾野《あやの》は箸を置いて首をかしげた。

「……そこまで話しても良かったのか?」

「言いふらすような話ではないけど、本人から許可はとってるよ」

許可の範囲までは確認してないが、まあ問題ないだろう。多分。

「僕は少しは聞いてたけどね。そんな事情まであったんだ」

桜井《さくらい》君はいつもの少し疲れたような笑みを浮かべながら、箸で持ち上げたゴボウの肉巻きを見つめている。

「彼女は気持ちに折り合いをつけるって言ってたけど、相手は義理の兄だ。告ってフラれてすっきり——ってわけにはいかないし、なにをしでかすか分からないからさ」

綾野は頷《うなず》きながら、再び箸を手に取る。

「一度は警察沙汰《ざた》になってるしな。次に同じようなことがあったら、停学じゃすまないだろ?」

視線を送られた桜井君は、思案顔で空を見上げる。

「僕は先生じゃないから分からないけど……こんな短期間に二度も停学になるなんて、聞いたことないな」

聞いたことがない——ということは、まあそう言うことだ。

俺は牛乳を飲み切ると、二人に向き直る。

「そこで二人に相談なんだ。流れで協力することになったけど、法に触れるようなことはできるだけさけたい。俺は男だから女心とか分からないし、こう……彼女が納得してくれるような計画をアドバイスしてくれないかなって」

沈黙。戸惑い顔を見合わせていた二人は、ためらいがちに口を開く。

「……温水《ぬくみず》、俺たちも男だぞ」

「そうだね、それこそ文芸部の女子に聞いたほうがいいんじゃないかな」

当然、その反応は想定ずみだ。俺は二人の顔を見回す。

「実はこの一年で気付いたことがある。文芸部の女子は——いうほど女の子じゃないんだ」

なにか言いたげな二人は、口を開きかけて再び閉じる。

「むしろ二人の方が女子力が高いというか、参考になるかなって」

しばらく考えてから、綾野は複雑そうな表情で頷く。

「知り合いにそれとなく相談くらいはできるけど、あんまりあてにならないぞ」

「僕も周りに意見くらいは聞けるけど、女心は自信がないかな」

充分だ。文芸部にいると『普通』の基準がブレブレになるのだ。

「さあ、温水君も早く食べないと。そろそろ予鈴《よれい》が鳴るよ」

食べ終えた弁当箱を包み直しながら、桜井君。

おっと、もうそんな時間か。次の休み時間までとっておくと、八奈見《やなみ》にとられるかもしれないからな……。

すでに弁当を食べ終えた二人の話を聞きながら、俺はカレーパンの袋を開ける。

そういえばこいつらの知り合いの女子って――。

脳裏《のうり》をよぎる見知った顔。

俺はそれを強引に心の棚に押しこむと、カレーパンにかじりついた。

◇

――放課後の部室は、張り詰めた空気で満ちていた。

八奈見《やなみ》と小鞠《こまり》は無言のまま、白玉《しらたま》リコがテーブルに並べた封筒を見つめている。

封筒は3枚。ノートやA4紙が入る大型のものだ。

そしてその封筒には、大きく『松』『竹』『梅』と書かれている。

「昨晩、3つの計画を考えてきました。どうぞ部長さん。好きなのを選んでください」

テーブルの向かい側から、俺をうながす白玉リコ。

好きなのもなにも、できれば選びたくないのだが……?

「部長さん、早く選びなよ」

「は、はやくしろ、部長」

俺を左右からせかす八奈見と小鞠。こいつら、こんな時だけ部長扱いしやがって。

俺は散々迷って『竹』と書かれた封筒を手に取る。中庸《ちゅうよう》を尊《とうと》ぶ、日本人的選択である。

「ええと……不動産のチラシ？」

封筒の中に入っていたのは、市内の借家の物件案内だ。

場所は二川《ふたがわ》駅から北に向かった山中で、ポツンとした一軒家だ。

「二川のほうにいい物件を見つけたんです。周りに民家がなくて、地下室が――」

俺は説明を最後まで聞く前に、資料を封筒に戻す。

「……他の封筒見ていい？」

「部長さん、計画の説明はしなくていいですか？」

いいです。俺は半ばやけくそで『松』と書かれた封筒を手に取る。

中に入っていたのは――海外旅行のパンフレットだ。

表紙には、おしゃれな水上コテージの写真がデカデカと載っている。

「ええと、これは……？」

「お姉ちゃんたち、新婚旅行でタヒチに行くんです。いつもいそがしいから、新婚旅行くらいはゆっくりしたいって」

白玉さんが言い終わるより早く、八奈見がパンフレットをうばいとる。

「うわ、めっちゃ素敵じゃん！　夜空を見上げながら、ロマンチックな夜を――」

夢見る表情でパンフレットを見つめていた八奈見の瞳から、急速に光が消える。

「そうか……式を挙げたら次は新婚旅行だよね……そっか……」

マズい、八奈見《やなみ》の変なスイッチが入ったぞ。

俺が目配せをすると、小鞠《こまり》が駄菓子《だがし》の『ほしうめ』を八奈見の口に入れる。

死んだ目でモチャモチャと梅を嚙《か》む八奈見の手から、優しくパンフレットを回収する。

「それで、どんな計画なの？」

「お姉ちゃんと私って、後ろ姿が似ているんです。隣のコテージを借りて、夜中にこっそり入れ替われば——」

スッ……。俺はパンフレットを封筒に戻す。

残るは『梅』の封筒だけだ。俺は祈るような気持ちで開封する。

中に入っていたのは、なにかの書類やカタログだ。

「これは……式場のチラシ？」

「はい、お姉ちゃんの結婚式の資料です。パンフレットや見積書、当日の座席表とかを一通りコピーしてきました」

分厚い書類を手際よく分けていた白玉《しらたま》さんの手が止まる。

長い裾《すそ》が特徴的な、純白のドレス。ウェディングドレスの写真だ。

「……これを着て、チャペルで写真を撮りたかったんです」

白玉さんは小さく首を振り、その写真を裏返す。

「全部お姉ちゃんに先を越されちゃったから。一つだけ、私だけの初めてが欲しかったんです。そうすれば、きっと田中《たなか》先生のことも『お義兄《にい》さん』って呼べるのかなって」

かける言葉もなく黙っていると、白玉さんは結婚式の書類をまとめだす。

「こんなの無理な話ですよね。やっぱり『松』か『竹』のどちらかを――」

バン！　俺は身を乗りだして、書類を上から押さえる。

「これにしよう！」

「ちょっ、温水《ぬくみず》君っ!?」

八奈見が慌てているが、よく考えろ。他の候補は『松』と『竹』だぞ。

白玉さんは目をパチパチしながら上目遣いに俺を見る。

「ドレスが来るのは式の直前だから、写真は難しくありませんか？」

「確かにこのドレスを着て写真を撮るのは難しいかもしれないけど――その代わりのドレスを着て写真を撮ることはできるんじゃないか？」

「チャペルで、ですか？」

「ああ、チャペルで」

「……もう一声」

へ？　ええと、それだけじゃ足りないってことか。

俺が迷っていると、白玉さんが身を乗りだしてくる。

「例えば……田中《たなか》先生とツーショット写真を撮る、とかはどうですか？」

「チャペルで？」

「はい、チャペルで」

コクリと頷《うなず》く白玉《しらたま》さん。

いや、さすがにそれは無理だろ。

相手にバレずにチャペルでツーショット写真とか、無理ゲーにもほどがある。

白玉さんも言ったはいいが、それは分かっているのだろう。

彼女の視線が、他の２通の封筒に――。

「……やろう」

俺の言葉に、白玉さんが目を輝かせる。

「本当ですか?!　それならさっそく――」

白玉さんが言い終わるが早いか、八奈見《やなみ》と小鞠《こまり》は左右から俺の両腕をつかむと、部室の隅に無理矢理引きずりこむ。

「えっ、なにいきなり」

「本気で手伝うつもり?!　私、犯罪の片棒かつぐとかごめんだからね？」

「し、死ぬならお前だけで、死ね！」

やれやれ、写真を撮るだけで大げさだな。

ちょっとばかり結婚式当日に式場に忍びこみ、新郎をだまして写真を撮るだけで――。

「……あれ、ひょっとしてこれって犯罪か？」

コクコクと頷く二人。

八奈見は溜息をついて俺から離れると、白玉さんに向き直る。

「白玉ちゃん。気持ちは分かるけど、簡単にはいかないよ。ドレスのレンタルだって何万もかかるし、プロのカメラマンも必要でしょ？　お金がいくらあっても足りないよ」

「はい、そう思ってこれを用意してきました」

白玉さんはテーブルの上に一枚のカードを置く。

通称『とよしん』こと、豊橋《とよはし》信用金庫のキャッシュカードだ。

「この15年間、いただいたお祝いやお年玉を貯めてきました。100万円はあります」

「「っ?!」」

固まる俺たちに向かって、白玉さんがカードを押しだしてくる。

「お預けします。今回の計画に自由に使ってください」

自由ったって、こんな大金を受け取るわけにはいかないぞ。

俺は八奈見たちの視線に押されて、一歩前に出る。

「確かに計画にお金は必要だと思うけど。必要な物は白玉さんがその都度《つど》、直接お金を払ってくれればいいよ」

「うん、そうだよ白玉《しらたま》ちゃん。交通費とか食費とか、暮らすって物入りだしね」

確かにそうだが、八奈見《やなみ》、キャッシュカードに触るんじゃない。

「でも、こんなことに巻きこんで。私にはこれくらいしか……」

うつむきながら、か細い声で言う白玉さん。

そういうつもりなら、なおさら受け取るわけにはいかない。俺は首を横に振る。

「俺たちは白玉さんの先輩だ。手伝う理由はそれで十分だろ?」

コクコクと頷《うなず》く小鞠《こまり》。

「みなさん……有難うございます」

浮かんだ涙をぬぐう白玉さん。

俺は照れ隠しに頰《ほお》をかく。

「とはいえ、お姉さんを出し抜いてツーショット写真を撮るなんて大変だぞ」

まずは資料を読みこんでから、念入りに計画をたてなくては――。

……

…………あれ? なんか俺たち、完全にやる流れになってないか?

小鞠もなんとなくその気になっているし、八奈見はきっとお金に目がくらんでいる。

「前回は警備の人にすぐ見つかったから、建物の構造がよく分からないんです。一度、中の様子をあらためて探らないと――」

目を輝かせて計画を語りだす白玉さん。

「ええと、白玉さん。ちょっといいかな」

「はい、なんですか部長さん？」

キラキラキラ。白玉さんの瞳が俺を見返す。

えーと、なんて言えばいいかな……。

頭から否定するのではなく、相手の提案を受け入れつつも懸念点《けねんてん》を遠回しに提示してソフトランディングを――。

考える俺の耳に、廊下から響く声と足音が聞こえてきた。

と、ズバンと大きな音を立てて部室の扉が開く。

「失礼する！」

突然現れたのは、生徒会長の放虎原《ほうこばる》ひばり。

驚く俺たちに一礼すると、白玉さんにツカツカと歩み寄る。

「君が白玉リコくんだな？」

「あ、はい。ええと生徒会長さん……ですか？」

椅子《いす》の上で固まっている白玉さん。

会長はいつもの表情で、パッと髪をかきあげる。

「おっと、自己紹介が遅れたな。私は生徒会長の放虎原だ。リコ君――話はすべて聞かせてもらった！」

「はい?! なにをですか？」

驚きに包まれる部室に、桜井君《さくらい》が息を切らせながら入ってきた。

「ひば姉《ねえ》……だから待ってって……」

胸に手を当てて深呼吸をすると、会長に歩み寄る桜井君。

「いきなり大声だしてみんなも驚いてるよ。ほら、お邪魔だから帰ろうよ」

「まあ待て弘人《ひろと》。まだ話の途中だ」

会長は桜井君の制止もきかずに、白玉《しらたま》さんの両肩に手を置く。

「え、あの……」

「人の道ならぬ秘密の恋！ それを隠したまま一矢報《いっしむく》いようとする女の意地！ 一人の女として感じいった。ぜひ私も手を貸したい！」

部室に響き渡る会長の声。天井をあおぐ桜井君。

固まっていた白玉さんが、恐る恐る口を開く。

「ええと、会長さんはどこからその話を……？」

「ああ、そこの弘人から話はすべて聞いた。なあに、彼とは家族も同然だから心配ない」

桜井君、両手を合わせて深く頭を下げている。

……なんか、こんなことになる気がしてた。

「ええとつまり。私が部長さんに伝えた話がそちらの方に伝わって、生徒会長さんにまで伝わったということですか……？」

「ご明察《めいさつ》だ」

それを聞いた白玉さんが、ギギ……、と俺に顔を向けてくる。

へえ、白玉さんってあんな顔するんだ。へえ……そっか……。

ハンカチで冷や汗をぬぐっていると、八奈見《やなみ》がほしうめを口に入れながら前に出る。

「会長先輩、手を貸すってどういうことですか？」

「爪痕を残すのなら、人手は多い方がいいだろう」

会長は式場のパンフレットを手に取ると、パラパラとめくる。

「ふむ……リベンジということか」

「へ？　リベンジ？」

間の抜けたオウム返しをする俺に、会長は資料を読みながら頷《うなず》く。

「再び結婚式場に侵入して、花嫁衣裳を奪うのだろう？」

「あのですね、新婦のドレスを奪うのはあきらめたんです。代わりにこっそり、田中《たなか》先生とウエディングフォトを撮ろうかと」

「……？　それは難しくないだろうか」

「そうですが、ちょっと事情が――」

「会長、ここにいたんですか！」

俺の言葉をかき消すように聞こえてきた声は、天愛星《ていあら》さんだ。

一礼すると、部室にツカツカと入ってくる。

「先生がお待ちですよ。今日は生徒会選挙の打ち合わせじゃないですか」

「ああ、そうだったな。私も必要か？」

「当然です！　志喜屋《しきや》先輩がつないでくれてますから、早く来てください！」

「分かった。白玉《しらたま》君、少しこの資料を貸しておいてくれ」

「あ、はい。データがあるので差しあげます」

天愛星さんに引っ張られて、会長が部室を出ていく。

ホッとしたのも束の間、天愛星さんが一人で戻ってくるなり、俺をジロリと睨《にら》みつける。

「え、なに？」

「温水《ぬくみず》さん。会長に悪いこと、させようとしてませんよね」

「……シテマセン」

「なんで棒読みなんですか？」

目を細めて俺の顔をジッと見る天愛星さん。

ウソはついてないぞ。会長が勝手にやろうとしているだけだし。

「会長の経歴に傷をつけるようなことをしたら、いくら温水さんでもゆるしませんからね」

言い残して、再びその場を去る天愛星さん。

……嵐は去った。

取り残されてポツンと立っていた桜井《さくらい》君が、青ざめた顔で俺たちを振り返る。

「ええと、なんとお詫《わ》びを言ったらいいか……」

八奈見《やなみ》は気にするなとばかりに首を横に振ると、ほしうめを差しだす。

「気にしないで桜井君。そもそも温水君の口が軽いのが原因だよね？」

「え、俺のせい？」

うんうんと頷《うなず》く、八奈見と小鞠《こまり》。そうか俺、やらかしたか。

そして白玉さん、まだ見たことない顔してるな……。

◇

俺は会長からのメッセを読みながら、学校の駐輪場へ向かっていた。

現在の俺は自転車通学をしている。1年生の三学期、トレーニングのために自転車通学をしていたのが親にバレ、定期券を更新してもらえなかったのだ。

「明日も学校か……」

メッセを読み終えた俺は、溜息をつきながらスマホをしまう。

明日は祝日にもかかわらず、会長から文芸部の部室に招集《しょうしゅう》がかかったのだ。

ちなみに文芸部の部長は俺だ。このまま廃部になったら、生徒会の下請けとして生き残るのもいいかもしれないな……。

そんなことを思いながら自転車置き場にたどり着くと、愛車の荷台《にだい》に可愛《かわい》らしい生き物がちょこんと横座りしているのに気付く。

——白玉《しらたま》さんだ。俺は彼女から離れた場所で足を止める。

「……まだ帰ってなかったんだ」

「はい、ちょっと忘れものをしたので」

いつも通りの完璧な笑顔。

ええと、生徒会に情報が筒抜けだったこと、怒ってるよな……？

「どうしたんですか？　帰るんですよね」

「あ、はい。帰ります」

俺は顔をふせ、白玉さんの前を——。

「部長さんの自転車ここですよ？」

「あれ、そうだっけ。最近物忘れがひどくて」

……通りすぎようとして、捕まった。

自転車の鍵を開けても、白玉さんは可愛らしく座ったまま動こうとしない。

「あの……白玉さん？」

「はい、なんですか部長さん」

ニコニコニコ。白玉スマイルに、俺は愛想笑いを浮かべることしかできない。

……まずい、これでは先輩の威厳《いげん》がだいなしだぞ。

俺はいいと言われたから協力者に事情を話しただけで、決して軽々しく秘密をもらしたわけではない。うん、謝るようなことはしていない。

「部長さん、私少し怒ってます」

「ごめんなさい」

とはいえ、時には素直に謝るのは大切だ。

深く頭を下げる俺の頭上から、白玉さんの声が降りかかる。

「部長さんだから信用して話したんですよ？」

「ええと、話してもいいと言われたので……」

「もちろん、迷惑をかけたみなさんに事情を伝えるのは構いません。ですが、生徒会にまで話が筒抜けになるとか、普通思いませんよね？」

はい、その通りです。ぐうの音も出ない俺が頭を下げ続けていると、こらえきれないとばかりにクスクスと笑いだす白玉さん。

「頭を上げてください。本気で怒ってるわけじゃありませんよ」

「でも生徒会に話したのは確かだし……」

「二人だけの秘密だって思ってたから、ちょっと拗《す》ねただけです」

白玉《しらたま》さんは自転車の荷台から降りると、両手の拳《こぶし》を胸の前でギュッと握る。

「みなさんがここまでしてくれるんです。私、腹をくくりました」

「へっ?! だからって無茶をしたら――」

思わず後ずさる俺に、白玉さんが一気に間合いを詰めてくる。

ただよってくるミルクのような甘い香り。

「火を点《つ》けたのは部長さんですよ?」

長い睫毛《まつげ》につつまれた潤んだ瞳。

小さなピンク色の唇から、囁《ささや》き声がもれてくる。

「――責任、とってくださいね」

◇

翌日の朝。俺は眠い目をこすりながら、文芸部の部室でテーブルを囲んでいた。

祝日にもかかわらず呼びだしに応じた部員は八奈見《やなみ》と俺、それに白玉さんをくわえた三人だ。

テーブルの横で仁王立ちをした会長が、腕組みをしながら俺たちを見回す。

「これで全員か？　昨日はもう一人いたはずだが」

「小鞠《こまり》ならさっき窓から部室をのぞいて、すぐ逃げました。始めてください」

会長は頷《うなず》くと、持ちこんだホワイトボードに大きな紙を貼り付けた。

そこには『白玉リコ・リベンジ大作戦本部』と毛筆で書かれている。

白玉さんがおずおずと手を上げる。

「あの……そこに書いてあるリベンジ大作戦ってなんでしょうか」

「ああ、朝から祖母に頼んで書いてもらった。祖母は師範《しはん》の免状《めんじょう》を持っているからな」

はあ、それでこんなに上手なんだ。そして多分、白玉さんが欲しかった答えじゃない。

会長はパイプ椅子《いす》を広げると、ドカリと腰を下ろす。

「さあ、計画を話しあおう。現在の計画は？　準備はどこまで進んでいる？」

「ええと……」

勢いに押され気味の白玉さんを見て、俺が代わりに口を開く。

「まだ目標を設定したばかりで、中身はなにも決まってないです」

会長は頷くと、１枚の紙をテーブルの上に置いた。

「ならば専門家の力を借りるのはどうだろう。昨日偶然、このようなものを見つけてな」

それは『潜入調査のご相談ならこちらへ！　ツワブキ調査アドバイザー』と書かれた手作り感あふれたチラシだ。

「うわ。会長先輩、なんですかこれ」

八奈見《やなみ》が朝食（1時間ぶり2回目）のおにぎりを食べながら、身を乗りだす。

チラシには秘密厳守、完全合法、基本料無料、特許出願検討中——などの文字がポップな書体で散りばめられている。

あれだ。たまに電柱に貼られているインディーズ系のヤバいやつだ。

「あの、会長。ここの力を借りるのはヤバくないですか？」

「心配するな。ツワブキ生が自主研究でやっている活動だ。信頼に値する」

この学校にそんなことをしている生徒が……？

約1名心当たりはあるが、いやまさか。

ハラハラしていると、会長がチラリと壁の時計に視線を送る。

「そろそろ約束の時間だな。実はすでに依頼をしているんだ」

「へ？」

コンコンと、まるで話を聞いていたかのようなタイミングでノックの音。

ゆっくりと扉が開くと、そこにはよく見知った一人の女生徒が立っていた。

オデコを光らせながら、ぺこりと一礼。

「ご用命いただきました、ツワブキ調査アドバイザーの朝雲《あさぐも》千早《ちはや》です。そしてこちらが——」

その後ろから、さらに見知った一人の娘が顔をだす。

「アシスタントの温水佳樹《ぬくみずかじゅ》です。全力でがんばります」

なぜか、俺の顔をジッと見つめる文芸部ガールズ。

いや、これは俺悪くないよね……？　うん、多分。

◇

ツワブキ調査アドバイザーこと朝雲さんが、ホワイトボードに大きく『情報』、『準備』という二つの単語を書くと、それを丸でかこむ。

「まず大切なのは情報収集と事前準備。そして――」

さらに大きな文字で『ゴール』と書く。

「チーム内でゴールの共有をすることです。リコさん、挙式の日程はいつですか？」

「あ、はい。来週の土曜日です」

――挙式は9日後。ＧＷの連休後、最初の週末だ。

朝雲さんは頷《うなず》くと、今日から結婚式当日までの日付を順に書き始める。

「期限が決まってますので、今回はマイルストーンではなくタスクで進捗《しんちょく》を管理しましょう。まずは情報を共有し、必要なタスクを洗いだします。明後日《あさって》からＧＷの5連休が始まるので、この連休を利用して準備を終わらせましょう」

今年のGWは犯罪の準備で終えるのか……そうか……。

ホワイトボードにカレンダーを書き終えると、朝雲《あさぐも》さんは俺たちに向き直る。

「ゴールはハッキリしていますね。挙式当日、田中《たなか》先生とリコさんのウェディングフォトを撮ること。同時に『絶対にバレない』という条件を満たす必要があります」

……問題はその条件だ。成功への道は細いのに、越えるべきハードルが多すぎる。

黙りこむみんなの顔を見て、俺は小さく手を上げる。

「ええと、場合によっては、臨機応変にゴールを変える必要があるんじゃないかな」

「ただ、ゴールラインを変えるにしても情報の収集は必要です。まずはここまでの状況を整理しましょう」

朝雲さんが合図をすると、佳樹《かじゅ》が用意していたプロジェクターを起動させる。

白い壁に映しだされたのは、市内地図の航空写真だ。

中心部にもほど近い一角に、会場となる結婚式場が鎮座《ちんざ》している。

向山大池《むかいやまおおいけ》や公園にも近く、隣には県立のキリノキ高校もある。

「式場は外からは遮断《しゃだん》されているので、中の様子はHPの写真からしか分かりません。リコさん、中の様子は分かりますか？」

黙って首を横に振る白玉《しらたま》さん。

「ではまず、内部構造の把握《はあく》が最優先事項ですね。それについては——アシスタントに代わります」

朝雲さんが横にずれると、変わって前に出たのは佳樹だ。

「佳樹は朝から現場の下見に行ってきました」

「え、いつ？　お兄ちゃん、知らなかったけど」

俺の朝食を作ってくれたのも、着替えを用意してくれたのも佳樹だぞ。

佳樹はなぜか俺にウィンクをすると、そのまま話を続ける。

「玄関にちょうど支配人さんがいらしたので、お話をうかがってきました。この式場は1日2組限定、貸し切りのガーデンウェディングを行っています」

佳樹はスマホを操作すると、プロジェクターで写真を投射《とうしゃ》する。

「プライベート空間を守るために壁で囲まれているので、出入り口は正面に限られています。正攻法だと当日は関係者のリコさんしか入れないでしょう」

……なるほど、これは一筋縄《ひとすじなわ》ではいかないぞ。貸し切りなら、他の組の参列者のフリをすることもできない。

「それより佳樹。式場の人と話をして、怪しまれたりしなかったのか？」

「いいえ、紳士的で素敵な方でしたよ。名刺もいただきました」

――紳士的で素敵。ってことは男だな。うん、別に性別は関係ないが。

「名刺よく見せて。佳樹は連絡先を教えてないだろうな？」

立ち上がろうとした俺を、八奈見《やなみ》が引っ張って椅子《いす》に座らせる。

「温水《ぬくみず》君、座ってなよ。それで妹ちゃん、調査抜きにして感想はどうだった？」

「はい、素敵な雰囲気でした！　佳樹《かじゅ》もあんなところで式を挙げたいです！　です！」

両手を胸の前で合わせて、瞳を輝かせる佳樹。なぜ俺をメッチャ見る。

それまで黙って聞いていた会長が、思案顔で足を組む。

「ふむ、ではまず会場の調査が必要だな。佳樹君のことだ。なにか案があるのだろう？」

佳樹が笑顔で頷《うなず》く。

「はい、明後日《あさって》の土曜日に見学会があるそうです。キャンセルで一組空きがでたそうなので、すでに申し込みをすませました」

へえ、準備がいいな。式場の見学会に申し込みを──。

「待って、結婚の予定もないのに参加していいのか？　ていうか俺たち高校生だぞ？」

なんでもないとばかりにニコリと微笑《ほほえ》む朝雲《あさぐも》さん。

「あら、将来ここで式を挙げればいいだけです。さて、誰が説明会に参加するかですが──」

言いながら、朝雲さんが俺たちをゆっくりと見回す。

「八奈見さん、なんで立ちあがるの？」

「え？　だってこれって、大人っぽい人じゃないとダメでしょ」

「うん、そうだね。座ろうか」

八奈見を座らせつつ、考えをめぐらせる。

社会人でも通用する見た目と立ち振る舞いができる高校生なんて、そんな簡単に――。

「？　どうしたみんな」

部屋中の視線を集める会長に向かって、朝雲さんがトトッと歩み寄る。

「会長さん、いかがでしょう。見学会に出席していただけませんか？」

「協力したいのはやまやまだが、土曜日には法事《ほうじ》があるんだ。高祖父の５０回忌《き》というレアイベントで、絶対に外すわけにはいかなくてな」

キラリと目を光らす会長。この人、法事とか好きそうだな……。

「法事なら仕方ないですね。それはそうと八奈見さん、座ろうか？」

さて困ったぞ。会長がダメなら誰に頼めばいいんだ。

困った雰囲気に気付いたか、会長が口を開く。

「では志喜屋《しきや》に頼むとするか。なに、彼女は口が堅いから大丈夫だ」

志喜屋さんか……見た目は大人っぽいけど大丈夫か、色々と。

俺の心配をよそに、佳樹がホワイトボードに志喜屋さんの名前を書く。

朝雲さんが人差し指をアゴに当てながら、可愛《かわい》らしく首をかしげる。

「ではパートナーの役はどうしましょう。どなたか心当たりはありますか？」

ええと、志喜屋さんの隣に並んで見劣りしない男子か……あ！

「それなら綾野《あやの》はどうだ？　あいつ見た目は大人っぽいし、スーツとか着れば」

「ダメです」

食い気味に断言する朝雲《あさぐも》さん。

「え？　でも、あいつなら」

「はい、ダメです」

ニコリと俺に笑いかける朝雲さん。ちなみに目は笑っていない。

「その日は絶対に外せない用事が入る予定です。なんなら温水《ぬくみず》さんの法事でも――」

「よし、綾野はやめよう！　会長、どなたかいい人いませんか？」

あわてて話を振ると、会長は困ったように肩をすくめる。

「むやみに関係者は増やしたくないな。できれば文芸部か生徒会の関係者が好ましいのだが」

玉木《たまき》先輩は――彼女がうるさそうだし、問題になったときシャレにならないな。

首をひねっていると、八奈見《やなみ》がふてくされた表情でボソリと言う。

「……じゃあ、温水君がやればいいじゃん」

「へ？」

「私に文句がある温水君なら、さぞ完璧にこなすんでしょうね？」

八奈見は朝食（15分ぶり3回目）のサンドイッチをペリペリと開封しながら、俺をジロリと見る。

「待って俺じゃ無理だろ。さすがに社会人のフリなんて」

「――いや、悪くない提案だ」

「へ？」

会長は立ちあがると、俺の肩を叩く。

「君はわりと上背があるし、衣装やメイクでどうにかなるだろう。みんなはどう思う？」

真っ先に手を上げたのは佳樹《かじゅ》だ。

「お兄様のスーツ姿、見たいです！　なんなら佳樹が相手役をして、その場で挙式を――」

いやそれはおかしい。

俺は立ち上がると、興奮した佳樹を部屋の隅に座らせる。

「佳樹はその日、友達と約束があるだろ？　ほら、浜松の遊園地に遊びに行くって」

「…………ありません」

ツイッと目をそらす佳樹。俺はスマホを取りだす。

「カレンダーを共有してるから隠しごとはできないぞ」

「うー、でもお兄様と結婚式挙げたいです……」

そもそも式は挙げないぞ。

「では、異論がないので温水さんで決定ですね」

反論の間もなく、朝雲さんが俺の名前をホワイトボードに書いて丸で囲む。

朝雲《あさぐも》さんは文字で埋まったボードを見て、満足そうに頷《うなず》く。

「さて、まずは土曜日の見学会に向けて準備をしましょう。調査に必要な機材は私の手持ちを使いますが、当日の衣装は各自用意していただけますか？」

衣装……って、スーツでいいのかな。

父親のを借りるとして、中身は高校生の俺だぞ……？

「ええと、やっぱ俺——」

モソモソと口を開く俺の声が聞こえなかったのか、会長がパンと手を叩く。

「さて、忙しくなるぞ！　リコ君もウェディングドレスの手配は大丈夫か？」

「あ、はい。中古でちょうどよいのを見つけたので……」

白玉《しらたま》さんは途中で言葉を切ると、不意に立ちあがる。

「あの、生徒会長さん！」

「どうしたリコ君」

「なんで……ここまでしてくれるんですか？」

一瞬、言葉に詰まる会長に詰め寄る白玉さん。

「会長さんは受験も控えてるし、ツワブキの会長という立場もあります。こんなことしちゃいけませんよね？　私たちと違って、失うモノが多すぎます！」

立場も失うモノもない俺たちの前で、会長が自嘲《じちょう》気味な笑みを浮かべながら立ちあがる。

「言っただろう。一人の女として感じいったと。私だって、かなわぬ恋に身を焦がしたことくらいある」

「だけど、もしバレたら大変なことになりますよ？」

「成功させれば問題ない。君のドレス姿、楽しみにしているぞ」

会長は指先で白玉さんの髪をすくいながら、力強い口調で言いきった。

◇

翌日の放課後。俺は保健室に向かっていた。小抜《こぬき》先生に近況報告をしにいくのだ。

気は進まないが、あまり放っておくと部室に出没しかねないしな……。

保健室がある中央棟にさしかかると、図書室から小鞠《こまり》が出てきた。

そういやあいつ昨日、会長の姿を見るなり逃げだしたよな。

文句の一つも言おうと足を向けると、図書室から出てきた男子生徒が小鞠を呼びとめた。

あれは確か図書委員の3年生だ。手に持った本を小鞠に差しだしている。

おびえたタヌキのように固まる小鞠を見て、俺は小さくため息をつく。

女子生徒相手でもまともに意思疎通ができない小鞠が男子生徒、しかも先輩とまともに話ができるはずがない。

……仕方ない、俺が通訳をするか。

足を速めた俺の目に映ったのは——男の先輩から本を受けとり、お礼を言う小鞠《こまり》の姿だ。

あれ、あいつ男子と会話なんてできるんだな……。

これまでの小鞠ならフリーズしたまま誰かに解凍されるのを待つばかりだったのに。

なんとなく物足りなさを感じてその場にたたずんでいると、顔を伏せたまま小鞠がこちらに歩いてくる。

と、そのまま俺を避けようとしたところで、ようやく気付いたらしく足を止める。

「うぇ……？　こ、こんなところでなにやってる」

「ああ、ちょっと保健室に行こうと思って」

小鞠の頭越しに図書室の扉を見ると、先輩はすでに図書室に戻っている。

「さっき、図書委員の先輩となにを話してたんだ？」

「と、取り寄せた資料、届いたって」

ふうん、そうなのか。小鞠が胸に抱いている分厚い本がそうらしい。

……おっと、早くしないと小抜《こぬき》先生が保健室からさまよい出るぞ。

軽くあいさつしてから歩きだすと、小鞠も隣に並んでくる。

「あれ、お前もこっち行くのか？」

「ど、どっちからでも、一緒だし」

逆方向は一緒じゃない気がするが、本人が言うなら仕方ない。

「そういや小鞠、昨日は――」

「お、お前、どうするつもりだ？」

小鞠はかぶせるように言うと、ジロリと横目で見上げてくる。

「どうするってお前、それを決める話しあいから逃げたんだろ」

「だ、だからそもそも、こんなことして大丈夫、なのか？」

大丈夫――ではないな。うん、バレたら非常にまずい。

前髪の間から見え隠れする不安そうな小鞠の瞳。

「大丈夫だって、会長さんがいるんだし」

俺は笑顔を作ると、小鞠の頭をポンポンと叩く。

「うなっ⁉」

うなり声をあげて飛びのく小鞠。

！　しまった、佳樹《かじゅ》と高さが同じくらいだからついクセでやってしまった。

「悪い！　ちょうどいい高さだから思わず手が」

小鞠は顔を赤くして震えながら、ジリジリと後ずさる。

「えーと、小鞠？」

「ば、馬鹿……」

小鞠《こまり》はボソリと呟《つぶや》くと、その場を走りさる。
……やっちまった。これでしばらく、生ゴミでも見るような目で見られるに違いない。
俺は掌《てのひら》に残る感触を思いだしながら、心の中で思う。
あいつ、もう少し髪の手入れした方がいいんじゃないかな……。

◇

小抜《こぬき》先生から解放された俺は、日が暮れかけた中庭で大きく深呼吸をした。
……とても疲れた。詳細は省くが、とても疲れたのだ。
あの人と友達を続けている甘夏《あまなつ》先生&白玉《しらたま》姉のすごさを、あらためてかみしめる。
風に吹かれながらたたずんでいると、

チャッチャヤッ、チャヤッ……。

どこからか鳥の声が聞こえる。
決してきれいな声ではないが、語りかけるような響き。
姿は見えないが、声は中庭の茂みから聞こえてくるようだ。

一瞬、鳥を探そうとしたがすぐに思いとどまる。

声だけの方がむしろ落ち着くというか、距離感がちょうどいい。

人気《ひとけ》のない放課後の中庭。

目をつぶり、鳥の声や木の枝がサワサワと揺《ゆ》れる音に囲まれていると、保健室で汚れた心が洗われていくようだ。おや、いまの声はシジュウカラかな……。

耳をすましていると、ふと秋の草原に立っているような感覚が俺を包む。

そよ風にのり、干《ほ》し草のような心地《ここち》よい香りをかいだ気がして、俺はゆっくりと目を開く。

視線をめぐらすと、２ｍほど離れた場所に静かに立っているスーツ姿の男性がいた。

――白玉姉の婚約者、田中《たなか》先生だ。

俺を観察していた……わけではなく、風に吹かれてたたずんでいるようだ。

授業以外で会ったのは、週末のショッピングモール以来。

その場を去るか迷っていると、俺に気付いたらしい。田中先生が少し驚いた顔をする。

「ああ、温水《ぬくみず》君か。こんなところでなにをやってるんだい」

「ちょっと考えごとを。先生こそどうしたんですか」

「鳥が鳴いてたから、つい足が止まってね。茂《しげ》みにウグイスでもいるのかな」

へえ、ウグイスって普段はあんな声で鳴くんだ。

俺が興味を持ったのに気付いたか、田中先生は説明を付け加える。

「この季節は山の方にいるはずだから、のんびり屋さんのウグイスなのかな」

「なんだか親近感がわきますね」

「姿を見せないのも奥ゆかしくて素敵だよね」

「ですね、分かります」

並んで鳥の声を聞いていたが、しばらくして田中《たなか》先生はためらいながら口を開く。

「このあいだのことだけど」

「あ、はい」

緊張して待ち構えていると、田中先生はさんざん迷ったあげく、

「……邪魔をして悪かったね」

と、実に普通なことを言うので、俺はなんだか拍子《ひょうし》抜《ぬ》けする。

「いえ、こっちのほうこそ。ええと、お姉さんあれから大丈夫でしたか？」

「みのりさんかい？　さすがに少し驚いたみたいだね。……まあ、僕もだけど」

冗談めかして笑おうとして、いきなりむせる田中先生。

「水でも持ってきましょうか」

「いや、もうおさまったよ……」

グダグダの雰囲気に、俺たちはそろって苦笑いを浮かべる。

「来週結婚式ですよね。いそがしいんじゃないですか」

「どうも落ち着かなくて、ついフラフラとね」

そう言って、しばらく俺の反応をうかがっていたが、あきらめたように口を開く。

「温水《ぬくみず》君は、リコちゃんからどこまで聞いているかな」

「リコさんの停学のこととか、お姉さんのこととか――ひと通りは聞いてます」

田中先生は頷《うなず》くと、俺のすぐ横に立つ。

「……リコちゃんに最近すっかり嫌われちゃってね。お姉さんと僕が結婚するのを、よく思っていないようなんだ」

返事をするでもなく黙っていると、田中先生は独白めいた会話を続ける。

「いままで兄妹みたいに付きあってきた相手と、大好きな自分の姉が結婚するんだから。複雑な気持ちなんだろうね」

「まあ……そうでしょうね。思春期ですから」

なんとなくで流そうとした会話は、なぜだか胸に引っかかって。俺はさらに言葉を繋げる。

「――多分彼女は、そっとしておいてほしい時期なんだと思います」

言いながら、自分の気持ちが少しずつ形になっていくのが分かる。

「俺たちはまだ高校生ですから。親とか兄妹とか、ずっとそこにあった関係が変わるのって、世界がゆらぐくらい大きいことです」

——正直、白玉《しらたま》さんのやることにはまったく共感できなくて、理解もできない。

「リコさんにとって、お姉さんは自分を一番に見てくれる存在で。先生は家族同然に付きあってきた近所の優しいお兄さん。その二人との関係が一緒に変わってしまうんです。不安定になるのは当然です」

——だけど、彼女を突き動かすなにかは、なんとなく分かる。


俺は白玉さんのような、よそいきの笑顔で田中《たなか》先生に笑いかける。

「だから先生は、兄としてドーンと構えていてください」

俺の話を聞いていた田中先生は大きく頷《うなず》く。

「……ああ、僕がフラフラしてたらリコちゃんも不安になるよね」

先生はもう一度頷くと、意外そうな視線を向けてくる。

「ありがとう。君はずいぶん大人だね」

「え、いや、生意気言ってすみません」

「そんなことないよ。君みたいな子がリコちゃんの彼氏でよかった」

田中先生は言い聞かせるように呟《つぶや》くと、中庭を見つめたまま動かなくなる。

俺は鳥の声を聞きながら、白玉さんの内心を包みかくすような笑顔を思いだす。
……彼女には最初から勝ち目なんてなかった。
当然だ。１５も下の、幼いころから知っている女の子で、恋人の妹。
恋愛対象になるわけない。
勝つとか負けるとか、そんな段階ですらない。
田中先生は誠実で善良で、白玉リコのことを本当の妹のように思いやっている。
ただそれだけの事実に――なぜだか少し腹が立った。
どこからどう見たってこの人は悪くない。
ただ少しばかり鈍感《どんかん》で。
ずっとそばにあった気持ちに気付いていない。それだけだ。
だけどこの瞬間、俺は白玉さんの肩を持つと決めた。
理由なんてない。
強いて言うなら、俺も思春期なのだ。

◇

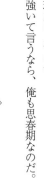

ＧＷ１日目。５連休は、雲一つない快晴で始まった。

俺は式場の前で、緊張をほぐすようにネクタイをいじる。

親のタンスから持ち出したスーツに身をつつみ、式場の見学会に来たのだ。

……本当に大丈夫か？

いくらなんでも高２が結婚を控えた社会人役とか、無理があるにもほどがある。初めてつけた整髪料《せいはつりょう》も、なんだかスースーして落ち着かないし。

怖気づいて立ちつくしていると、伸びてきた白い手が俺のネクタイを締めなおす。

「ネクタイ……ちゃんとする……」

俺の婚約者——役の志喜屋《しきや》さんだ。

黒を基調としたドレスに身を包み、頭の片側で長い髪を花飾りで留めている。

「すいません、ちょっと緊張して」

志喜屋さんの肩越しに、建物の様子をうかがう。

式場は塀《へい》に囲まれた一軒家で、高級感のあるタイル張り。

玄関は白と茶をベースにしたシックなデザインで、中の様子はよく分からない。

さりげなく視線を送ると、広い駐車場の片隅の草むらに、ごそごそ動く二つの影がある。

インカムを顔につけ、ノートパソコンを手にした朝雲《あさぐも》さんと、コウモリ傘のようなアンテナを手にした八奈見《やなみ》だ。

この駐車場は複数の店舗が共有しているので、式場に用がない人がいても不思議じゃないが、あれは目立ちすぎじゃないか……？

「志喜屋先輩、あれって大丈夫ですかね」

「大丈夫……自信持って……」

「あ。ちょっと――」

志喜屋さんは俺の腕をとると、玄関のトビラをくぐった。

玄関は天井が高くて、外から見るより開放感がある。

その先にカウンターがあり、式場の従業員が感じのよい笑顔を向けてきた。

俺は表情を引きしめると、意識して少し低い声を出す。

「ええと……予約した新橋《しんばし》ですが」

「はい、少々お待ちください」

制服に身を包んだ式場の人は、手元のタブレットに視線を送る。

「新橋和彦《かずひこ》さんと吉田夢子《よしだゆめこ》さんですね。どうぞ、そちらの階段をお上りください」

――そう、今日の俺は新橋和彦１８歳。結婚を控えた新社会人である。

そして隣でゆるゆる揺れているのは吉田夢子。生花店勤務で今年２０歳になる俺のフィアンセだ。

ボンヤリと辺りを見回していた夢子は、クタリと俺の肩に頭を乗せてくる。いい匂いがするので、このまま時間が止まってほしい。

「ご祝儀《しゅうぎ》……どこに出すの……？」

「いや、今日は見学会だから式はないですよ」

……この人、俺たちの説明をろくに聞いてなかったな。

ボロが出ないうちに受付をはなれて、奥の階段に向かう。

「先輩、会長からなんて話を聞いてたんですか？」

階段を上りながら小声でたずねると、志喜屋《しきや》さんは人差し指を俺の唇に当ててくる。

「敬語……ダメ……」

ああそうか、婚約する関係で敬語は変だよな。

「夢《ゆめ》──子《こ》は、放虎原《ほうこばる》さんになんて聞いてきたんだ？」

「君の結婚式がある的な……ニュアンス感じた……」

感じたニュアンス、間違っている。

コミュニケーションの難しさについて考えていると、志喜屋さんが俺の横顔をジッと見つめてくる。

「どうし──たんだよ、俺をジッと見て」

「タメ口……新鮮……」

志喜屋さんは楽しそうに俺の髪をいじってくる。

「ちょっ、やめてくだ――くれって」

「照れてる……の？」

あれ、志喜屋さんってこんなキャラだっけ。

焦《あせ》っていると、イライラした声が耳に流れこんできた。

『もしもしー？　こっちは全部聞こえてるんですけど？』

右耳に装着したワイヤレスイヤホン越しに聞こえてきたのは、八奈見《やなみ》の声だ。

駐車場の八奈見たちから指示を受けることになっているが、予想だとあまり役に立たない気がする。むしろ現段階では邪魔《じやま》でしかない。

「聞かれて文句言われるようなことは――あ、ちょっと夢子、やめてってば」

『っ?!　ちょっと二人ともなにを――』

俺はイヤホンのスイッチを切ると、説明会会場の大部屋に入る。

……ちなみに白玉《しらたま》さんは置いてきた。前科があるので。

◇

——さて、少しばかり時をさかのぼろう。2時間前の文芸部の部室だ。

俺のスーツ姿を前にした八奈見《やなみ》と朝雲《あさぐも》さんは、実に味のある表情をすると、二人で顔を見合わせてコクリと頷《うなず》いた。言いたいことがあるなら言ってほしい。

白玉《しらたま》さんは俺の全身をじっくりと見つめると、笑顔で胸の前で両手を合わせる。

「部長さんお似合いですよ。男性はスーツで3割増しって本当ですね」

ありがとう。でもこの目はウソをついている目だ。最近白玉さんのことがだんだん分かってきた気がする。

一つ大人になった俺の隣ではドレス姿の志喜屋《しきや》さんが、香水のいい匂いをさせている。

額に冷えピタを貼った朝雲さんが、テーブルになにかを置いた。

俺の前に置かれたのは、片方だけのワイヤレスイヤホンだ。

「温水《ぬくみず》さんはこのイヤホンを耳につけてください。私が指示を出します」

「これに声が届くの？」

「はい。マイクも内蔵していますので、そちらの音声も届きます」

そして志喜屋さんの前に置かれたのは、花をモチーフとした髪飾りだ。

不思議そうに手に取る志喜屋さん。

「これ……なに……？」

「全天球カメラを仕掛けてあります。先輩はこちらの髪飾りをつけてください」

俺が耳、志喜屋さんが目ということか。

周りをキョロキョロしていた白玉さんが、小さく手を上げる。

「ええと、私は……？」

「リコさんは式の当日までは会場に姿を見せない方がいいでしょう。すみませんが待機をお願いします」

説明会は午前１０時開始。全体説明の後に個別の相談時間がある。

……そう、ここが鬼門なのだ。そもそも高校生の俺たちが大人のフリをするのは無理がある。

無理をとおすには念入りな準備が必要なのだ。

朝雲さんはホワイトボードに、箇条《かじょう》書きで設定を書き並べる。

俺と志喜屋さんは、のっぴきならない理由で早急に式を挙げる必要ができた社会人という設定だ。

住所や電話番号、勤務先や親のプロフィール、予算や挙式予定……。

書き終えた朝雲さんがエヘンと咳払《せきばら》いをする。

「平日はあまり時間がないので、この連休が勝負ですね」

「あれ、でも朝雲さんは予定があるだろ？　綾野《あやの》とデートとか」

「……あの人、この連休は塾の勉強合宿に参加しました」

朝雲《あさぐも》さんのおでこの光が消えていく。

「ワザとだまってて、次のテストは私に勝ってみせるとか言ってましたが、そういうサプライズはいらないです。本当にいらないです」

綾野《あやの》のやつもあいかわらずズレてるな。

ふと隣を見ると、志喜屋《しきや》さんが髪飾りをジッと見つめている。

「ええと、志喜屋先輩。今回の状況、どこまで聞いてますか？」

「全部……放虎原《ほうこばる》に聞いた……気がする」

不安は残るが、本人が大丈夫と言うからには大丈夫なのだろう。

そう、このくらいのことで心配していては、文芸部の部長は務まらないのだ――。

◇

そんな感じで始まった今日の見学会は、おおむね順調に進んでいた。

個別の面談も無事乗り切り、俺たちは作成してもらった『お勧《すす》めプラン』を手に、他の参加者に混じって廊下を歩いていた。

「花火は最初と最後の両方ほしいけど、予算的にどうかな。夢子《ゆめこ》は気になるオプションあった？」

「私……酒《さか》ダル……割りたい」

「いいね、今度相談してみようか」

担当さんの丁寧《ていねい》な説明に、俺たちはすっかりその気になっていた。問題は結婚の予定も相手もいないことくらいだ。

志喜屋さんと式の内容について話し合っていると――。

『さっきから、計画に関係のない話しか聞こえてきませんけどー？　任務はどうしましたー？　歌を忘れたカナリアですかー？』

……せっかくの楽しい気分を、誰かさんが壊《こわ》してきた。

俺はさり気なく口元を隠しつつ、誰かさんに返事をする。

「これから会場見学だから。八奈見《やなみ》さんも映像見て、ちゃんと指示を出してよ」

『すみません、朝雲です。画像がずいぶんゆれていますが、もう少し調整できますか？』

今度は朝雲さんだ。プロじゃないんだからそんな上手には――。

「なにか……トラブル……？」

カクリ、と首をかしげる志喜屋《しきや》さん。

……カメラって、志喜屋さんの髪飾りに付けてるんだっけ。

「我慢してください。仕様《しよう》です」

俺は通話を打ちきると、案内されるまま建物から外に出る。

そこは広々としたガーデンウエディングの会場で、芝生《しばふ》に覆《おお》われた庭園にはソファのセットも置かれている。

庭園は背よりも高い塀に囲われ、外部からの視線は届かない。

そしてその端に建っているのは――チャペルだ。

白と茶のモダンな外見で、庭園からは小さな水路でへだてられている。

式当日、あそこに周りの目を盗んで田中《たなか》先生を連れこみ、白玉《しらたま》さんと写真を撮るのだ――。

建物をジッと見つめている俺に、さっき面談をした担当さんが話しかけてくる。

「よろしければご案内しましょうか？」

「え？　いいんですか」

「もちろんです。こちらへどうぞ」

案内されるまま、水路を横切る橋を渡る。

芝生をじっと見つめていた志喜屋さんも、遅れて俺に追いついてくる。

「お嫁さんごっこ……するの……？」

なにそれ。すごく楽しそうだけど、いまはしません。

「チャペルを見せてもらうんだよ。夢子《ゆめこ》もカメ――じゃない。少しだけ真っすぐ立てる？」

「じゃあ君に……つかまる……」

「っ！」

俺の腕に手を回してくる志喜屋さん。

香水の良い香りと、なんともいえないグンニャリした柔らかさが腕に――。

『んんっ！　んんんっ！』

イヤホンから八奈見《やなみ》の咳払《せきばら》いが聞こえてくる。うるさいな……。

担当さんに続いてチャペルに足を踏み入れた。

入ると奥に向かって真っすぐにバージンロードが伸びていて、左右にベンチが並んでいる。

大きな窓がある一番奥の壁の外には、水のカーテンのような小さな滝が流れていた。

左右の壁にも大きな窓があり、やわらかく差しこむ光が、幻想的な雰囲気を作りだしている。

間接照明でぼんやり輝く天井には、ゆっくりとシーリングファンが回っていて、おごそかな静の空間に混じる緩《ゆる》やかな動きが、心を落ち着かせてくれる。

俺は志喜屋《しきや》さんと腕を組んだまま、バージンロードを進む……って、これ新婦父の役だよな。

奥には新郎がいて、生花店勤務20歳の吉田夢子《よしだゆめこ》をお嫁さんにするのだ。許せない。

義憤《ぎふん》にかられつつチャペルの奥に着くころには、俺は一つの事実に気付いていた。


——隠れる場所がない。


列席者のベンチは、背もたれに隙間《すきま》のある開放感があるデザインで、周りの壁にも視線をさえぎるような凹凸がないのだ。

田中《たなか》先生の呼び出しに成功したとしても、白玉《しらたま》さんがどうやって近づくのか。


『——温水《ぬくみず》さん、身を隠せるような家具や隙間はありませんか?』


この状況に気付いたか、朝雲《あさぐも》さんの真剣な声。

「そうは言っても……」

チャペルには音響の設備や棚は見当たらない。おそらく空間の雰囲気をそこなわないよう、無粋《ぶすい》な機械類は見えないところに設置されているのだろう。

この部屋には隠れる場所は——いや、一つだけある。

チャペルの正面に一個だけ置かれた、教卓のような棚だ。確か説教台《せっきょうだい》とかいうんだよな……。

俺は移動式カメラこと志喜屋さんを連れ、説教台に近寄る。

説教台はシンプルな木製で、裏側は空洞だ。

決して大きくはないが、正面から身を隠すぐらいはできるのではなかろうか。

俺は掌《てのひら》を使ってさりげなく大きさをはかってから、怪しまれないように説教台を離れる。

そして周辺の寸法を、歩幅を利用して確認する。

「じゃあ夢子、そろそろ行こうか」

俺の言葉に、志喜屋さんがカクリと首をかしげる。

「お嫁さんごっこ……しないの？」

「いや、人前だし――」

チラリと視線を送ると、入口に立っていた担当さんは無言で微笑《ほほえ》んで外に出ていく。

え、なにこの気の利かせかた。

志喜屋さんは、オロオロしている俺の手をつかむと、説教台の前で俺と向きあう。

「次は……どうするの？」

「ええと、神父さんがいて、指輪の交換をしたり、永遠の愛を誓ったり誓わなかったり――」

「その……次は……？」

へ？　次？　指輪交換と誓いの言葉がすんだら残るは……。

ゴクリ、とノドが鳴る。

「次は誓いのキス、とか――」

『二人ともなにやってんのっ⁈　聞こえてるんだけど！』

八奈見《やなみ》の大声が耳に響く。忘れてた。存在すら。

「いやほら、本番の雰囲気をつかまないと。シミュレーションは大切だって」

『キスなんて予定にないでしょ⁉』

うん、ない。とはいえ八奈見のツッコミに半ばホッとする自分に気付く。

いくらごっこ、ことはいえ、二人きりで志喜屋《しきや》さんと向かいあうのは心臓に悪いのだ。

俺が身を引こうとすると、志喜屋さんの白い手が伸びてきて、耳のイヤホンを――外した。

「キスすると……お嫁さんに……なるの？」

「っ⁈」

志喜屋さんはイヤホンをドレスの胸元に入れながら、俺に顔を寄せてくる。

白い瞳に映る俺の顔が、段々と近付いて――。

「お、お嫁さんになるには、まず結婚する必要がある、ので！」

俺の裏返った声に、近付いてくる志喜屋さんの動きがとまる。

「キスよりも婚姻《こんいん》届けの方が——よりお嫁さん的な存在では、ないでしょうか」

「婚姻……届け……」

しばらく動きをとめていた志喜屋さんは、ゆっくりと頷《うなず》いた。

「行政には……勝てない……」

志喜屋さんはナゾの納得をすると、フラフラとチャペルの扉に向かって歩きだす。

追いかけるようにして隣に並ぶと、イヤホンを俺の手に握らせてくる。

おっと、ちゃんと連絡をとらないと八奈見がうるさいぞ。俺はイヤホンを耳に押しこむ。

そういえばこれ、さっきまで志喜屋さんの胸元に入ってたんだよな……。

耳元の感触にドキドキしながらチャペルの重い扉を開けると、そこには担当さんが満面の笑みで待ち構えていた。

「あ、すいません。待っててもらって」

「それでは披露宴《ひろうえん》会場にご案内いたしますね。今日はコース料理の試食がありますので——」

と、担当者の説明をかき消すように、八奈見の声が俺の耳につき刺さった。

『それ聞いてないいんだけどっ?!』

だって言わなかったし。そしてうるさい。

俺は溜息をこらえると、八奈見《やなみ》の抗議を聞き流しながら披露宴会場に向かう。

豪華料理を目の前にして、八奈見が理性を保てるとは思えない。

最初から、あいつにフィアンセ役は無理だったのだ——。


『あー、君たち。そこでなにやってるんだい』


と、イヤホンから唐突に年配の男性の声が聞こえてくる。

……警備員に見つかったな。

駐車場の片隅で、アンテナを持って騒ぐ若者がいたら怪しいに決まっている。

慌てて言いわけを始める八奈見と朝雲《あさぐも》さんの声をイヤホン越しに聞きながら、俺は今度こそ大きく溜息をつく。

「和彦《かずひこ》……どうかした……？」

「なんでもないよ。夢子《ゆめこ》は気にしなくて大丈夫」

俺はもう一度溜息をつくと、イヤホンを外してポケットに放りこんだ。

◇

その日の晩。俺は自室で勉強机に向かいながら、スマホで通話をしていた。

『本当にごめんね。ひば姉《ねえ》はやりすぎてない？』

通話の相手は桜井《さくらい》君だ。会長がなかば強引に計画に加わったことを気にして、毎晩のように電話をかけてくれるのだ。俺は見えないのを承知で首を横に振る。

「いまのところは問題ないって。手を貸してくれるし、むしろありがたいというか」

『だけど今回のひば姉って暴走気味かなって。迷惑かけてないか心配でさ』

暴走も迷惑も、歩く地雷原《じらいげん》の天愛星《ていあら》さんにくらべれば可愛《かわい》いもんです。

正直な気持ちをオブラートでグルグル巻きにして伝えると、ようやく桜井君も安心したようだ。お休みの言葉を交わして通話を終える。

……とはいえ面倒ごとが終わったわけではない。

俺は横目で壁のカレンダーを見る。

今日からGW本番の5連休が始まった。

連休明けの週末、土曜日が結婚式——計画の実行日だ。

「お兄様、お風呂を先にいただきました」

と、青いパジャマに身を包んだ佳樹《かじゅ》が部屋に入ってきた。

頭を包んだタオルをほどくと、湿った髪が背中に広がる。

「佳樹《かじゅ》、早く髪を乾かさないと風邪《かぜ》ひくぞ」

「じゃあ、お兄様が乾かしてくれませんか？」

佳樹がベッドにポスンと腰かける。やれやれ、また佳樹の甘えん坊か。

後ろに回ってドライヤーの準備をしながら、俺は気になっていた話題を出す。

「佳樹、朝雲《あさぐも》さんとそんなに仲良かったのか？」

「はい。最近、とてもよくしてもらってます」

そうか、よくされちゃってるのか……心配だな……。

朝雲さんは悪い人ではないが、妹にああなって欲しくないランキングでは、わりと上位に位置する。ちなみに1位は月之木《つきのき》先輩だ。

ドライヤーをつけようとすると、佳樹が俺に顔を向けてくる。

「お兄様のスーツ姿、佳樹も見たかったです。次回の見学会、佳樹と二人で――」

「はい、髪乾かすから前向いてー」

話し続ける佳樹をさえぎるように、ドライヤーのスイッチを入れる。

佳樹の長い髪を、指先で温風の中に散らしていく。

熱は髪の敵である。手の甲でドライヤーの温度を確認しつつ、指先で髪に残る水分を探りながら、丁寧かつ素早く乾かすのが大切なのだ。

約10分後、ドライヤーのスイッチを切った俺は小さく頷《うなず》く。

……完璧だ。髪の手触りもツヤも申し分ない。指先で最後のチェックをしていると、俺はあることに気付く。

「あれ、そういえば佳樹。このパジャマ、お兄ちゃんのじゃないか？」

「佳樹のですよ？　お兄様とおそろいのパジャマを買ってもらったんです」

へえ、おそろいのパジャマか。それなら色くらい変えればいいのに、なんでわざわざ同じ色にしたんだ……？

そんなことを考えている俺の手に、佳樹がブラシを握らせる。

このブラシは俺がプレゼントした猪《いのしし》毛製の逸品《いっぴん》で、佳樹の髪の手入れには欠かせないのだ。

俺はゆっくりとブラシを通しながら、佳樹に話しかける。

「3年生になって学校はどうだ」

「受験生になったので、先生が進路指導に一生懸命ですね。佳樹たちはまだ、そんなに実感ないですけど」

少し迷ってから、佳樹は口を開く。

「お兄様。佳樹はツワブキ高校を受験します」

佳樹がツワブキを志望しているのは知ってたが、ここまでハッキリと言われたことはなかった。俺は髪をとかす手をとめずに、静かにたずねる。

「もう決めたのか」

「はい、先生とも相談して対策を始めました。来年の春は、お兄様とツワブキに通います」

自信に裏づけられた言葉は、思いのほか力強い。

佳樹《かじゅ》は髪をとかされながら、懐かしそうな顔をする。

「……去年のいまごろは、お兄様はお友達がいなくて。佳樹がツワブキに入って、ご一緒できればと思っていました」

——ちょうど一年前。学校では用事以外で誰とも口をきかず、担任の甘夏《あまなつ》先生にすら顔を覚えられていなかったあのころ。

意外といごこちは悪くなかったが、佳樹はどれだけ心配だっただろう。

気付かないうちに止まっていた俺の手に、佳樹が掌《てのひら》をかさねてくる。

「でもいまは違います。尊敬する先輩たちがいるツワブキで、佳樹自身が学びたくて行きたいんです」

「……ああ、素敵だと思うぞ。お兄ちゃんにできることならいつでも言ってくれ」

「はい、お兄様！」

宣言をして、少し気持ちが軽くなったのだろう。

佳樹は足をプラプラさせながら、鼻歌を歌いだす。

俺は再び手を動かすと、ブラシを通し続けた。佳樹の頭をなでるように。

◇

GW5連休の2日目。

朝から部室に集まった会長と俺、八奈見《やなみ》、白玉《しらたま》さんの犯罪者予備軍に向かって、その道の先輩、朝雲《あさぐも》さんが興奮気味の声をかけてくる。

「昨日は色々ありましたが、式場見学は大成功でした！」

その言葉に、八奈見がジトリと俺を見る。

「……ホント、色々あったよね。誰かさんは美味《おい》しいフランス料理を食べて、それはそれは楽しい時間をすごしたみたいですけどー？」

昨日、俺と志喜屋《しきや》さんは、連絡の取れなくなった八奈見たちを放置して帰宅したのだ。

ご飯は美味しかったし志喜屋さんはいい匂いがしたので、とても有意義な一日だった。

「こっちはこっちで色々大変だったんだって。さ、朝雲さん話の続きを」

「はい。昨日の情報を整理していきましょう」

朝雲さんがホワイトボードに描きはじめたのは、建物の見取り図だ。

「受付のすぐ横が親族の更衣室で、そこを通りすぎるとゲストの控え室を兼ねたオープンスペースです。ここにはバーカウンターもあるので、かなり人目をひきますね」

朝雲さんは赤いマーカーに持ちかえると、お世辞にも上手とはいえない見取り図に矢印を書きこむ。

「ゲストの控えスペースを突っきると、ガーデンに出ます。ここにチャペルがありますが、屋外で披露宴会場からもよく見えるので、人目を避けて移動するのは困難です」

朝雲さんは2階に繋がる階段から、チャペルに向かって線を引く。

「幸いにも、2階の新郎新婦の控室からチャペルまでの動線は短いです。田中《たなか》先生の連れだしに成功すれば、チャペルにたどりつくのは容易でしょう」

口元に手を当て、考えこんでいた会長が口を開く。

「ただ、途中でゲストの控えスペースを横切ることになる。田中先生が知り合いと顔を合わせるのは、リスクが大きいのでは」

「はい、そう思います。なので次はスケジュールを見てください」

ペタリ。ホワイドボードに、印刷したスケジュール表を貼り付ける。

「新婦は朝7時半、新郎は朝9時に会場入りです。着替えの後、10時から撮影の打ち合わせと式の打ち合わせになっています」

ペタリ。その隣にもう1枚、紙を貼る。

「10時半に親族が乗ったバスが到着して、11時からゲストの受付開始。12時から式が始まりますが、ここまでくると人が多くて計画の実行は難しいでしょう」

貼ったばかりの2枚目の紙に、大きく赤いバツを書く朝雲《あさぐも》さん。

「とはいっても田中《たなか》先生は9時入りで、1時間後には本物のカメラマンに会うんでしょ？　うちらが写真を撮る時間なんて、ほとんどないじゃん」

八奈見《やなみ》の言葉に朝雲さんが真剣な表情で頷《うなず》く。

「はい。作戦は9時から10時の間、しかも田中先生が着替えてからの短い時間で決行する必要があります」

会長が興が乗ったとばかりにニヤリと微笑《ほほえ》む。

「時間との勝負だな。面白い、そうでなければ」

みんなの反応を見て、朝雲さんがスケジュール表にマーカーで書きこみはじめる。

「私の大まかな計画案はこうです。9時半、偽《にせ》のカメラマンが、カメラテストの名目で新郎の田中先生を呼びだします」

ペタリ。今度はチャペルの室内写真をホワイトボードに貼りつける。

「そして、チャペルに身を隠していたリコさんが、テスト中に写真に入る——という流れです」

パチ。朝雲さんがマーカーのフタを閉める。

……これまでの情報からすると、他に手はなさそうだ。

部室を包む沈黙の中、八奈見がカバンからパンを取りだす。

「タイミング的にそこでやるしかないか。具体的な計画を立てないとだね」

丸ごとのフランスパンをかじりながら、ボソボソとつぶやく八奈見。

俺的にはいつもの光景なのでスルーしていたが、他の三人はそんな八奈見に視線が釘《くぎ》づけになっている。

「ん？　どうしたのみんな、そんなに私を見て」

黙る三人を見て、八奈見係の俺が口を開く。

「なんでフランスパンを丸ごと食べてるのかなって」

「温水《ぬくみず》君だけ、美味《おい》しいフランス料理を食べるなんてズルいじゃん。私だって食べたくなったんですけど？」

つまり八奈見家的には、これがフランス料理で――いや、間違ってはいないな。うん。

「味付けとかいらないんだ」

「ちゃんと中に梅ジャムとか、あんこを仕込んできたんだよ。トッピングのきな粉も持ってきたし――うわ、外れ引いた。塩辛だ」

眉をしかめながら食べ続ける八奈見。なぜ自分で食べるパンに外れを仕込むのか、そしてフランス要素が薄くないか――疑問は尽きないが、相手は八奈見だ。

俺は脳内の八奈見領域を最小化すると、ホワイトボードに注意を戻す。

「みんな話を戻そうか。偽のカメラマンはどうするんだ？　俺たちは田中先生に顔を知られてるし、そもそも式場の人にバレるんじゃないかな。昨日の説明会で、専属のカメラマンがいるって言ってたぞ」

　俺の言葉を予測していたのか。朝雲《あさぐも》さんは一枚の紙片を取りだす。

「お姉さんの結婚式を撮影するカメラマンの名刺《めいし》です。『スタジオ・だもんで』、式場の契約スタジオではありません」

　朝雲さんが視線を送ると、白玉《しらたま》さんが説明を続ける。

「お姉ちゃんの友達が勤《つと》めていて、今回は特別にここのカメラマンを入れてもらうことになってるんです。それとこれが、ようやく届きました」

　白玉さんがテーブルに置いたのは、朝雲さんが手にしているのと同じデザインの名刺だ。

　撮影スタジオの名前は同じだが、カメラマンの名前だけ違っている。

　……つまり偽造《ぎぞう》名刺ということか。俺、犯罪現場に立ち会ってる。

　朝雲さんは内容を確認すると、会長に名刺を差しだす。

「放虎原《ほうこばる》先輩、当日はこれをお持ちください」

「ということは、私がカメラマン役か」

「はい。先輩がカメラマン、温水《ぬくみず》さんがそのアシスタントです」

「え、俺も?!」

　驚く俺に、当然とばかりに頷《うなず》く朝雲さん。

「撮影時、リコさんをカバーする人が必要ですから」

「でも俺、見学会に参加したばかりだぞ⁉　さすがにバレるって！」

必死に抵抗する俺の姿に、朝雲さんがクスリと笑う。

「温水さん、さっき校門の前で道を聞かれませんでしたか？」

「……へ？」

そういえば今朝、ツワブキの前でそんなことがあったな。

野球帽とマスクをした男の子が、ボドゲカフェを探しているというから――。

「聞かれたけど、なんの関係が」

「あの子、佳樹《かじゅ》さんですよ」

はいっ⁈　いや待て、そんなはずは。

「ウソだよね⁈　声だって男の子だったし」

「最初に背後からかけた声は録音したものです。事前に佳樹さんの声を加工し、声変わり前の男子に近付けました」

「でも……その後の声は、あの子が実際に話してたぞ」

「はい。演技をしましたが、それ以上に第一声の印象です。最初に聞いた男の子の声――その印象を、違和感が上回る前に会話を切りあげればいいんです」

ええ……俺が佳樹の声を聞き間違えるなんてありえるのか。

俺はさらに抵抗を続ける。

「マスクはしてたけど、目元も違ったし。本人はもっとパッチリした目だぞ」

「アイプチで一重まぶたにして、肌色を変えるメイクもしてます。髪は野球帽に隠して、収まりきらない部分は死角になるよう工夫しました」

口を開きかけた俺は、続く反論を見つけきれずにガクリと肩を落とす。

まさか俺が佳樹《かじゅ》の変装を見抜けないとは……。

「温水《ぬくみず》君、シスコンのくせに妹に気付かないんだ？　へーえ」

ニヤニヤニヤニヤ。バカにしたような表情をする八奈見《やなみ》。

「俺だってちょっとは変だと思ったぞ。だけど見ず知らずの少年に『あなたは俺の妹ではありませんか？』なんて言ったらおかしいだろ？」

「うん、その場にいたら通報するね」

そう、見抜けなかったのも無理はないし、そもそも俺はシスコンではない。

朝雲《あさぐも》さんはコホンと咳払《せきばら》いをすると、説明を再開する。

「私たちは田中《たなか》先生に顔を知られています。ですが、実際に式場で顔をあわせて違和感を感じたとしても、先生は最初にこう思うでしょう」

朝雲さんは俺たちを見回す。

「――まさかこんなところで、教え子が他人のフリをしているはずがない、と」

偽造名刺をピラリとかざす朝雲さん。

「これは正常性バイアスとよばれる心の動きで、誰にでもあるものです。差しだされた『スタジオ・だもんで　虎谷《とらたに》ツグオ』の名刺を前に、多少の違和感は意味をなしません。違和感が確信に変わらないうちにすべてを終わらせましょう」

俺は黙って朝雲さんの話を聞く。佳樹の変装を見抜けなかった俺が、なにを言ったところで説得力はないのだ。

誰からも意見がないのを確認すると、朝雲さんはオデコをキラリと光らす。

「もう話は分かりましたね。今回はみなさんに変装してもらいます！」

?!　ごめん、分かってなかった。

戸惑う四人を代表しておずおずと手を上げる。

「ええと、見学会の時はスーツを着たから、あんな感じ？」

「いえ、あのスーツ姿はとてもいただけませんでした」

朝雲さんはとても悲しそうな顔をする。俺まで悲しくなってきた。

「見学会はお客という立場があるから、多少の違和感も見逃《のが》された可能性があります。ですが今回のお客は田中先生たちです。みなさんに不審点があれば、即座に通報されるでしょう」

会長は片眉を上げながら、名刺を胸ポケットに入れる。

「この作戦は時間が限られている。少しでも疑われたら、やり直せないな」

「はい、万全の準備で挑みましょう。衣装は私の方で考えますが、まずは当日の担当を確認します」

朝雲《あさぐも》さんはホワイトボードの空いたスペースに書きこみ始める。

作戦本部：朝雲千早《ちはや》、八奈見杏菜《やなみあんな》
カメラマン役：放虎原《ほうこばる》ひばり
アシスタント役：温水和彦《ぬくみずかずひこ》

なるほど、当日は俺と会長が潜入して朝雲さんたちが外からサポートをするのか。見学会と同じような感じかな……。

そんなことを考えている俺の目に、思いがけない文字列が飛びこんできた。

白玉《しらたま》リコ役：白玉リコ

「……？　白玉さんが本人役をやるの？」

思わず口をはさむと、朝雲さんは笑顔で振り返る。

「はいそうです。作戦には会場内部で手引きをする人間が必要です。結婚式当日、会場にいることが不思議じゃない人が、この中に一人だけいますよね」

みんなの視線を集めた白玉さんが、大きな目を丸くする。

「それが私――ですか?」

「リコさんには会場で、みなさんが無事に移動するサポートをしてもらいます」

なるほど。ウェディングドレスを着た白玉さんを無事チャペルに送迎《そうげい》するには、サポート役が必要だ。彼女なら式場にいても不思議じゃないし――。

「待って、白玉さんは一人しかいないだろ」

「じゃあもう一人いればいいんです」

朝雲さんは、なんでもないとばかりに名前を書きたす。

白玉リコ役：白玉リコ、温水佳樹

へ?　佳樹《かじゅ》が白玉さん?　どういうこと?

混乱のあまり固まっていると、朝雲さんが部室の扉を見ながら手をパンパンと叩く。

「さあ、どうぞリコさん」

扉が開いて中に入ってきたのは、一人の小柄なツワブキ女子――というか佳樹だ。

ツワブキの制服に身を包んだ佳樹《かじゅ》が、俺の前でクルリと回る。

「えへへ、お兄様どうですか?」

「ああ、よく似合ってるけど。ええと、どうやって白玉《しらたま》さんのフリをするつもりなんだ?」

朝雲《あさぐも》さんは佳樹の横に立つと、頭頂部に掌《てのひら》をポンとあてる。

「佳樹さんは白玉さんにくらべて背が低いですが、引くよりも足すほうが簡単です。靴やウィッグでカバーします。二人とも細いので、見た目の調整は比較的簡単かと」

「佳樹、がんばりますね」

両手でガッツポーズをする佳樹。わが妹ながら可愛《かわい》い。可愛いが——。

「……ちょっと待って」

俺は立ちあがると、みんなの顔を見回す。

「今回の作戦、佳樹には降りてもらう」

驚く朝雲さんを横目に、俺は言葉を続ける。

「本来、今回のことは文芸部の問題だ。朝雲さんや会長を巻きこんだのも反省しているけど、佳樹はツワブキ生じゃない。この問題にかかわるべきじゃない」

佳樹の抗議の視線を、俺は正面から受けとめる。

「これは文芸部の問題だ。お前は今年受験生だし、こんなことしちゃいけない」

「でも——」

なにかを言いだそうとする佳樹に、今度は会長が語りかける。

「佳樹君、お兄さんの言うとおりだ。今回は我々に任せてくれないか」

俺は佳樹の正面に歩み寄ると、頭をポンポンと叩く。

「来年、一緒にツワブキに通うんだろ？」

しばらく黙っていた佳樹が、小さな声でポツリと呟《つぶや》く。

「………デートです」

「デート？」

「全部終わったら、佳樹とデートしてください」

「ああ分かった。デートだな」

素直に頷《うなず》くと、佳樹が拗《す》ねたような瞳で見上げてくる。

「……一日中ですよ？　おはようから、おやすみまでです」

「大丈夫、いうとおりにするよ」

佳樹はまだ納得しかねる表情をしていたが、ようやくあきらめたのか。部屋のみんなに頭を下げると、静かに部室を出ていく。これは帰ったらフォローが必要だぞ……。

こっそり溜息《ためいき》をつく俺に向かって、朝雲さんが申し訳なさそうな顔をする。

「温水《ぬくみず》さん、すいません。配慮《はいりょ》がたりませんでした。この計画に中学生の佳樹さんを巻きこむべきではありませんでした」

「あ、いや、俺こそもっと早く言うべきだったよ。朝雲《あさぐも》さんは——」

悪くない、と言いかけて口ごもる俺。ごめん、自分にウソはつけないんだ。

会長が苦笑しながら、朝雲さんの肩に手を置く。

「気付かなかった私も同罪だ。さすが温水《ぬくみず》君だな、しっかりお兄様をしている」

「いえ、佳樹《かじゅ》が望んでやったことですから」

フランスパンを食べきった八奈見《やなみ》が、パンパンと手を払いながら首をかしげる。

「でもさ、妹ちゃんがいなくなったら、白玉《しらたま》ちゃんの役はだれがやるの?」

そう、佳樹がこの計画から降りた以上、代わりの偽玉さんが必要だ。

と、朝雲さんが八奈見をジッと見つめながら口を開く。

「……八奈見さんは身長がちょうどリコさんと同じくらいですよね。足の長さや顔の大きさも同じくらいなので、身代わりができるかもしれません」

「へ? 私?」

カバンをゴソゴソ探っていた八奈見が間抜けな声をだす。

白玉さんの身代わりを八奈見が……?

「でもほら。八奈見さんと白玉さんじゃ体重……じゃなかった、体型が……えっと……」

「……温水君、なにが言いたいの?」

八奈見のチクチク視線に、俺の言葉が消えていく。

いたたまれない空気を無視して、朝雲さんが笑顔でスマホを構える。

「では八奈見さんとリコさん、ちょっとそこに立ってもらっていいですか？」

「え、私？」

「はい。二人ともこっちに立ってください」

こんな時には朝雲さんの空気の読めなさが頼りになる。

二人の写真を撮った朝雲さんは、ノートパソコンを起動すると、画面を俺たちに向ける。

「みなさん、こちらを見てください」

そこには撮ったばかりの八奈見さんと白玉さんの全身写真が並んでいる。

二人とも身長と等身は同じくらいだが、全身のシルエットがなんていうかこう……ジャンルが違う。アニメショップなら、並んでる棚からして別だ。

朝雲さんがキーを叩くと、八奈見の身体《からだ》が細くなり、反対に白玉さんのが太くなる。

「画像を加工して、二人の体型を近付けてみました。これなら服装とウィッグでごまかせます」

「いや、画像で加工しても、現実はどうしようも――いやその、八奈見さん、悪い意味じゃないからね？」

なぜこんなに気をつかわなくちゃならんのか。

俺の苦労にお構いなく、朝雲さんは明るい笑顔で画面を指差す。

「この画像は、リコさんが当日までに体重を２ｋｇ増やして、八奈見さんが２ｋｇ減らした場合をシミュレートしています。それに現実が追いつけばいいだけです」

ええとそれはつまり――。

画面を見ながらジャムの小袋を吸っていた八奈見《やなみ》が、コクリと首をかしげる。

「よく分かんないけど……2本目のパンは食べないほうがいいってこと?」

俺たちは視線を交わしあうと、本日一番の真剣な顔で一斉に頷《うなず》いた。

◇

5連休の3日目。結婚式まであと5日。

文芸部の部室でテーブルを囲む犯行メンバーは四人。俺と会長、朝雲《あさぐも》さんに白玉《しらたま》さん。

朝雲さんはストップウォッチのボタンを押すと、少し寄り目で数字を見つめる。

「1分15秒です。もう少し会話を長引かせることはできますか?」

「あまり引きのばすと不自然になるだろう。時間をもたせるにしても、早めに次の話題にうつったほうがいい」

会長は首を横に振りながら、タイムシートをテーブルに置いた。

――今日の俺たちは、当日のシミュレートをおこなっている。

受付の突破《とっぱ》と田中《たなか》先生の連れだしには、どうしても会話は避けられない。入念な準備が必要なのだ。

　頷きながらメモをとっていた朝雲さんの手が止まる。

「……ひとつ不安なのが、新郎と新婦の控室が隣同士なことです。お姉さんが現れたら、計画の危機がおとずれます」

「この時間、お姉ちゃんはメイク中なので大丈夫だと思います。それに当日は、チャペルで初めてドレス姿を見るって演出になっているから……」

　白玉さんは力無く言うと、丸ごとのロールケーキを一口食べる。

　八奈見のダイエットと並行して、白玉さんの２kg増量計画も進んでいるのだ。

「無理はしないほうがいいよ。身体《からだ》こわすぞ」

「みなさんがんばってるんです。私だって、やれることはやらせてください」

　白玉さんは涙目でもう一口かじるが、ロールケーキはちっとも減らない。やっぱ八奈見ってすごいんだな……。

　ひさびさに八奈見を見直してると、ガチャリと音がして部室の扉が開く。

「ちょ、ちょっとインターバル……」

　現れたのはジャージ姿の八奈見。ダイエットで走りこみに出ていたのだ。

　椅子《いす》に座りこんだ八奈見がペットボトルを開けようとすると、朝雲さんがそれをとりあげる。

「朝雲ちゃん？」

「これだと糖分が多すぎますね。カロリーひかえめのドリンクを作ってきたので、飲んでください」

朝雲《あさぐも》さんが水筒を手渡す。

「これ、なに入ってるの？」

「……やせますよ」

「飲む！」

八奈見《やなみ》は一気に水筒の中身をあおる。大丈夫か、そんなモノ飲んで。

ハラハラしながら見守る俺に向かって、朝雲さんがストップウォッチを差しだしてくる。

「さて、通しで会話のシミュレーションをして、タイムテーブルを詰めましょう。温水《ぬくみず》さん、タイムを計ってもらっていいですか」

「ああ、分かった」

当日の会話は、大半が放虎原《ほうこばる》会長が担当することになっている。とはいえ、俺はチャペルに潜入する白玉《しらたま》さんとの連絡役なので、両方に気を配る必要があるのだ。

――入館から退館までのシミュレーションをひと通り終えて様子を見ると、八奈見はボンヤリとした瞳で、虚《うつ》ろな視線を宙に泳がしている。

「大丈夫？　脱水症状とかじゃないよね」

「ねえ、食べるってなんだろ……」

いつもと違う変なことを言いだした。

「大丈夫じゃないよね。おにぎりとか買ってこようか」

八奈見はフルフルと首を横に振る。

「食欲ってなんだっけ……人ってなんで、命を奪《うば》わないと生きていけないのかな……」

言いながら朝雲ドリンクを一口飲む八奈見。それ、人類には早すぎる飲み物じゃなかろうか。

だが背に腹は代えられないし、多少の犠牲《ぎせい》はやむをえないか……。

自分を納得させていると、八奈見がゆっくりと立ち上がる。

「よし、もうひとっ走りしてこよっかな」

「もう少し休んだ方がいいんじゃ」

「不思議といける気がするの。なんならアメリカくらいまで」

きっと気のせいだが、本人のやる気をそいではいけない。俺は笑顔で八奈見を送りだす。

「……朝雲さん。さっきのやつ、本当に飲んでも大丈夫なやつ？　合法？」

「はい、問題なく合法です。関係法令をちゃんと調べましたので」

なるほど、合法なら仕方ない。なにしろ合法なので。

俺は飲みかけのマグカップを手にとると――口をつけずに、そのままテーブルに置いた。

……帰ったら佳樹《かじゅ》のスマホから朝雲さんの連絡先を削除しよう。そう固く誓いながら。

◇

部室での打ち合わせを終えた俺は、豊橋《とよはし》駅の東口にいた。

駅ビルの書店とアニメショップをはしごすべく、帰宅途中に立ち寄ったのだ。

壁に貼られたイベントのポスターを見て、俺はなんとなく進路を変更して、南口広場に向かう通路に足を踏み入れた。魔が差した、という他ない。

当初の予定どおり書店に向かっていたら、出会うことはなかっただろう——立ち食いうどん屋のガラスに貼りつくようにして、中の様子をうかがっている八奈見《やなみ》に。

八奈見は、もっちゃもっちゃとバナナを食べながら、食事中のお客さんを見つめている。

事案《じあん》一歩手前だな……気はすすまないけど声をかけるか……。

「八奈見さん、なにやってるの?」

「ああ、温水《ぬくみず》君か」

八奈見は俺をチラリと見ると、バナナをもう一口かじる。

「なんかさっきの私、ちょっとおかしかったよ。少し落ち着こうと思って」

よかった、ようやく正気に戻ったか。こいつの正気がどうとはいわないが。

「それでここで一休みしてるのか」

「うん、エアうどんを食べてるの」

……ん？　まだちょっとおかしいのかな。

八奈見は俺をジロリと見る。

「短期間に体重落とすなら、食事制限は必須でしょ？　私、朝からバナナしか食べてないんだけど」

「それで、ここでバナナを立ち食いするのがエアうどんなのか……？」

「だよ。うどんを食べてる人を見ながらバナナを食べれば、うどんを食べてるようなもんでしょ？　栄養と心が同時に満たされるってわけ」

「心、満たされたんだ」

「……ううん」

じゃあただの不審者じゃん。

でも今回の八奈見、ガチでダイエット始めたんだよな。これまではダイエットと称した奇行をくりかえしていたこいつが、本気でダイエットに取りくむとは――。

「急に食事を減らして大丈夫か？　その、体調とか」

「安心してよ。こういう時のためにいつもしっかりご飯を食べてるんだし」

なるほど、ダイエットのための身体《からだ》づくりは万全ということか。

「ま、私も少しくらい先輩らしいところ見せないとね」

「意外だな。八奈見さん、白玉《しらたま》さんのこと気にしてたんだ」

「だってあの子、ほっといたら、なにしでかすか分かんないよ？　写真撮って納得してくれるんなら、それが一番だって」

……否定できない。八奈見《やなみ》はバナナを食べ終わると、皮をプラプラとゆらす。

「それにさ、あの子を見てると、一年前の私を見てるみたいで放っておけないんだよ」

「確か去年のいまごろって――」

クラスに姫宮《ひめみや》さんが転入してきて、すべてが動きだした。

自分が袴田草介《はかまだそうすけ》のヒロインではなく、友人Aだと気付いたそのころ。

「私もあのくらい無茶できたら、なにか違ったのかなって」

――白玉《しらたま》さんの無茶は、ある意味自暴自棄《じぼうじき》というやつだ。

そこまでできなかったのが一年前の八奈見で。

その気持ちが分かる八奈見がここにいる。

「いまなら分かるよ。草介に告っても振られることが分かってて、それで踏みこめなかったんだって。せめてそのままの関係を続けようとしたんだって」

八奈見は自嘲《じちょう》にもとれる笑みを浮かべる。

「勘違いしないでよ？　私は納得してるし、後悔なんてしてないから」

「ああ、分かってるよ」

なんかしんみりしてるけど、無関係な人のうどん眺めている不審者だよな、俺たち。

俺はカバンからレジ袋を出すと、八奈見が食べ終えたバナナの皮を回収する。

「今回のこと終わったらさ、ラーメンでも食べいかないか。おごるよ」

「……いいけどさ。温水君《ぬくみず》、私を太らせてどうするつもり？」

「いつもの八奈見さんに戻るだけじゃない？」

「ふうん、じゃあ覚悟しといてね。私の本気、見せたげる」

そう言って悪戯《いたずら》っぽく笑う。

俺はぎこちなく笑いながら、自分の発言を早くも後悔し始める。

八奈見の本気……貯金、おろさないとな。

◇

翌日の昼下がり。5連休の4日目。俺は会長と並んで、部室前の廊下の壁にもたれていた。

視線の先、扉には『着替え中！　男子禁制！』と書かれた札がかかっている。

中にいる八奈見と白玉さんが出てくるのを待っていると、会長がフルーツグミの小袋を差しだしてきた。

「温水君、どうだ」

「あ、はい。いただきます」

袋からグミを一つつまんで口に入れると、みかんの甘酸っぱい味が舌に広がる。

……この人、こんなふうにお菓子とか持ち歩いてるんだな。

なんとなく不思議に思っていると、会長が苦笑気味の表情を浮かべる。

「お菓子は私のイメージにないかな」

「いえ、意外だなって。真面目というか、節制してるイメージがあるので」

「太りにくいのが悩みでね。間食は特に禁じていない」

そう言うと、グミを口に入れる会長。

なるほど。白玉《しらたま》さんといい、そういう女子もいるんだな。

八奈見《やなみ》とばかりいると常識がゆらいでくるから、気をつけないと……。

「意外なのは、むしろ今回のことですよ」

「今回のこと？」

「はい。会長がこんなことに付きあってくれるとか、思ってもなかったです」

「言っただろう。私も人に言えない恋に、身を焦がした経験くらいある」

会長はジロリと俺を見る。

「君は私が恋愛などしないように見えるのか？」

「え、いや……」

慌てる俺を見てクックと笑う会長。

「私もこう見えて一人の乙女だ。人並みに結婚やウェディングドレスに憧れもある。似合わないかな？」

「いえ、そうは思いません」

なんとなく会話が途切れ、俺たちは『男子禁制』と書かれた札をぼんやり眺める。

それはそうと、この人は中に入っていいのでは……？

口に出そうか迷っていると、部室の扉がゆっくり開きだした。

と、隙間《すきま》からニョコリと八奈見が顔を出す。

「二人ともお待たせ、入ってもいいよ」

ようやく着替えが終わったらしい。俺たちが部室に入ると――。

「ジャーン！　白玉ちゃんのウェディングドレス姿、おひろめです！」

八奈見のうるさい声で感激が薄れたが、そこには白いウェディングドレスに身を包んだ白玉さんの姿があった。

肩が見えるドレスの胸元はレースで飾られ、フワリと広がったスカートは、よく見るデザインにくらべてずっと短い。

身体《からだ》の前側は太ももが見えるくらいの丈で、背中側はふくらはぎの真ん中くらいまで長くなっている。歩きやすさを重視したのか、低いヒールの白い靴。

妖精のような可憐《かれん》さ――と口にしようとして、あまりにキモいのでやめた。

「ええと、どうですか……？」

おずおずと不安そうな上目遣いがとても可愛《かわい》い。

脳内でキモくない言葉をセレクトしてる俺の横で、会長は感心したように口を開く。

「ああ、実に可憐だな。このままどこかにさらいたいくらいだ」

多分このセリフ、俺が言ったら追放される。

だが、口にしたのは他でもない放虎原《ほうこばる》ひばりだ。白玉《しらたま》さんは嬉しそうに、はにかんだ笑顔を赤くした。なぜか得意気な八奈見《やなみ》が、フフンと胸を張る。

「私がお化粧《けしょう》してみたけど、いい感じだね。白玉ちゃん肌がきれいだし、スイスイのるから途中から楽しくなってきたよ。うん……これが若さか……」

八奈見、もっと自信を持て。若さだけなら負けてないぞ。

心の中ではげましていると、会長は真面目な顔で頷《うなず》く。

「これで準備はひととおり終わったな。計画の最終版はもうできたのか？」

「明日の放課後、朝雲《あさぐも》さんが部室に持ってくるそうです。会長も来てもらっていいですか」

「もちろんだ。ここまできて仲間外れはさみしいな」

……さて、ついにここまできた。ＧＷをつぶしてまで準備をしてきたのだ。

さいわいにも連休はあと1日残っている。明日は家でのんびりラノベでも読むとしよう。

目の前の可愛い白玉さんを目に焼きつけていると、部室に朝雲さんが入ってくる。

「あら、リコさんとても素敵です。みなさん、ちょっといいですか」

サラリとほめると、朝雲さんはテーブルに地図を広げる。

「当日は文芸部の部室で着替えて、タクシーで会場に向かうつもりでした。ですが実際に往復してみると、実にタイトなスケジュールになりそうです」

俺たちが地図をのぞきこむのも待たずに、話し続ける朝雲さん。

「できれば近くに部屋が欲しいです。ホテルやレンタルルームがあればいいのですが、ちょうどいい場所がなくて」

「それなら私、心当たりがあるけど」

八奈見が地図を指でトントンと叩く。そこは式場の隣にある県立キリノキ高校だ。

「友達がキリノキ高校の演劇部だから、部室を使わせてもらえるよう頼んでみよっか。変装の衣装も、足りないのは借りられるし」

「それは助かるけど、他校生の俺たちが出入りしてもいいのか？」

口をはさんだ俺に向かって、会長がなんでもないとばかりに頬《ほお》をゆるめる。

「では文芸部の取材という形にすればいい。キリノキの先生に知り合いがいるから、話を通しておこう」

この二人、話が早い。これがコミュ強の力か……。

早くも電話で連絡を取りはじめた二人をまぶしく眺めていると、白玉さんが俺の服をクイクイと引っ張る。

「……え、なに？」

「部長さんの感想、まだ聞いてなかったなって」

もちろん可愛《かわい》いの一言に尽きるが、さすがに口に出したらセクハラである。

例えるなら妖精、天使、子猫ちゃん——うん、セクハラというより単にキモい。

「ええと……ドレスの色がとてもマッチして……白玉《しらたま》さんの本来持つ、魅力にあたる部分が強調されることにより、見る者にさわやかな高揚感にも似た感情を呼び起こしているのでは……ないでしょうか」

よし、キモさを排除しつつ、適切にオブラートに包んだホメ言葉を選んだぞ。

安心している俺に向かって、白玉さんが可愛く首をかしげる。

「ひと言で言うと？」

「ええと、可愛い——と思います」

白玉さんはフフッと笑うと、スマホを取りだしてパシャリと自撮りをする。

……完全に言わされた。

と、電話を終えた八奈見《やなみ》が俺をジロリと見る。

「演劇部の部室、使っても大丈夫だって。さあ、着替えるから男子は外に出てくださーい」

「あ、はい——って、会長は部屋を出なくていいんですよ？」

部室から出るときにふと視線が合った八奈見は、声を出さずに口をパクパクとさせる。

読唇術《どくしんじゅつ》のできない俺でもさすがに分かる。

八奈見が無言で言った言葉は……そ・う・い・う・と・こ・だ・よ。

◇

翌日のＧＷ最終日。

犯行グループの総勢５名は、ツワブキから自転車で１５分。県立キリノキ高校の前にいた。

この学校は１年のうちは全員商業科で、２年生から会計や情報などの専門科に分かれる。

ＩＴとか正直カッコいいが、怪しいバナーをクリックして家のパソコンを全壊させた経験がある俺は、専門家にまかせると決めている。

祝日とはいえ部活の生徒がいるし、なんか居心地悪いな……。

ソワソワしながら校舎前のヘルメス像をながめていると、会長が俺の肩を叩いてくる。

「私は職員室にあいさつに行ってくる。君たちは先に演劇部の部室に向かってくれ」

会長は煎餅《せんべい》の入った紙袋を下げ、校舎に向かう。

「八奈見さん、俺たちはどこに行けばいいの？」

「奥の実習棟の１階だって。空き教室が演劇部の部室になってるから、そこを使わせてくれるってさ」

八奈見《やなみ》がスマホを見ながらあたりを見回す。

あたりをチョロチョロしていた朝雲《あさぐも》さんが俺たちを手招きする。

「こっちですよ。私についてきてください」

好奇心を隠そうともせず、早足で歩きだす朝雲さん。

八奈見と白玉《しらたま》さんが並んで歩きだしたので、その後をついていく。

「演劇部のお友達とは仲がいいんですか？」

「うん、食べ歩き仲間なの。私の作ったラーメン屋マップと引きかえに、部室を使わせてくれるってさ」

もれ聞こえてくる二人の会話。

……八奈見の食べ歩き仲間か。きっといい人だ。俺なら絶対イヤだし。

そんなことを考えているうちに、3階建ての古びた校舎につきあたる。

怖気づく俺をよそに、迷わず入っていく八奈見たち。

薄暗い校舎の1階に『演劇部』と書かれた教室があった。

「じゃあノックするから――」

「おじゃましまーす！」

八奈見が問答無用で扉を開ける。こいつ、遠慮《えんりょ》とかそういうのないのか。

最初に気付いたのは、部屋から漂ってくる塗料《とりょう》とホコリの匂い。

教室を流用した広い部屋にはベニヤ板で作られたセットが壁際に並び、小道具がつまった段ボールが散乱している。大量のハンガーラックにかけられた衣装は、俺の一生分くらいはある。

部屋の奥にはソファがあり、そこに座っていた女子生徒があくびをしながらゆっくりと立ち上がった。

「おー、ヤナミン久しぶりだねー。今日も食べてる?」

「ニーナも久しぶり。私いま、ダイエット中なんだよー」

八奈見とハグをしているニーナ(?)はどう見ても日本人。

眠そうな目をした、素朴な感じの人だ。

二人のあいさつが終わったところを見計らって声をかける。

「ええと……ツワブキ高校文芸部の温水《ぬくみず》です。今回は部室を使わせて——」

「温水さん? へえ、君なんだー」

なんかこの人、俺を見てくる。メッチャ見てくる。

「あの……」

「ああ、ごめんね。演劇部副部長の新菜《にいな》だよ。新しいに菜っ葉の菜で、新菜。よろしくー」

ニーナ改め新菜さんが手を差しだしてくる。

えーと、初対面の女子を触ってもいいものかな……。

八奈見《やなみ》をチラリと見てから握手をすると、なにか固いものをにぎらされる。

「……鍵？」

「この部屋の鍵だよ。うちら、いつもは体育館で練習してるから、ここって着替えと荷物置きにしか使ってないんだよねー」

新菜《にいな》さんは最後に俺と八奈見を見くらべると、

「そんじゃ、ヤナミンがんばってねー」

と、言い残して部屋を出て行った。八奈見界隈《かいわい》なのに、とてもいい人だな……。

ほんわかと癒されていると、八奈見が俺の腕をヒジでつついてくる。

「いい子でしょ？　名前に私と同じ『菜』の字がつくから間違いないって」

自慢《じまん》げに言いつつも、八奈見は床をジッと見つめている。

「どうしたの八奈見さん」

「……床のお菓子、食べかけだけどまだいけるかな」

「やめたほうがいいし、式までに2kgやせるんだろ」

俺は床の空箱を拾い上げると、ゴミ箱を探して部屋を見回す。

よく見ると室内は雑然としながらも整理され、黒板に書かれたスケジュールも真新しい。

活動をちゃんとしていることは明らかで、ここは間違いなく正規の演劇部の部室だ。

と、白玉《しらたま》さんと並んで床でノートパソコンをいじっていた朝雲《あさぐも》さんが、不意につぶやく。

「いい感じですね。周辺の電波もクリアです」

「ええと朝雲さん、さっきからなにをしてるの？」

「当日はここが作戦本部になりますからね。いろいろと確認しないとです」

朝雲さんはオデコを光らせながら、テンション高めに立ち上がる。

「さあリコさん、電波の道を探しに行きましょう。Bluetoothの気持ちになりきるのです！」

「あ、はい。よく分からないけどがんばります！」

朝雲さんが部室から飛びだしていき、その後をアンテナを持った白玉さんが続く。

うちの新人に、あんまり変なこと教えないでほしいな……。

そして八奈見。ゴミ箱に捨てたお菓子を、そんなに見るんじゃありません。

◇

俺はスマホの地図を見ながら、演劇部の部室がある実習棟の裏を歩いていた。

本番に備えて、周辺の地形を知っておく必要があるのだ。

八奈見がジョギングに行ったので、一人残されて不安になったのもある。

演劇部の部室がある実習棟の北側は、キリノキ高校の敷地の端で、フェンスの向こう側は住宅街だ。

フェンス沿いに西に向かって歩いていると、突きあたりが高い生垣《いけがき》になっている。

生垣の向こう側は、結婚式場の玄関のすぐ横だが、通り抜けはできないし――。

「……あれ？」

スマホから顔を上げた俺は、その光景に目をうたがった。

２ｍを優に超える生垣がそびえたっているのだが、目の前にちょうど人がくぐれるほどの穴が開いているのだ。偶然……にしてはできすぎている。

「温水《ぬくみず》さんも視察ですか？」

その声に振り向くと、朝雲《あさぐも》さんと白玉《しらたま》さんの二人の姿。

この二人、頭や服に葉っぱがついてるな……ひょっとして……。

「……朝雲さん、生垣に穴とかあけてないよね？」

「穴ですか？　あら、こんなところに」

朝雲さんは初めて気付いたように驚いた顔をする。

「つまりこれは――偶然ってこと？」

「はい、もちろん偶然です。ね、リコさん？」

「はい、偶然ですね。朝雲先輩」

一分の隙もない白玉スマイル。これで評決は2対1。偶然に決まりだ。うん、偶然だ。

それはそうと朝雲さんは、この作戦が終わり次第、文芸部を出禁にしようと思います。

重ねた罪を数えていると、背後から足音が聞こえてきた。

ビクリと震えて振り向くと、そこには会長の姿。

俺はなんとなく、生垣の穴をふさぐように横にずれる。

「三人ともここにいたのか。知り合いの先生と、少し話しこんでしまってね」

歩み寄ってきた会長は、一枚の紙を俺たちの前にかざした。

「取材の名目で出入りする許可がでた。これで堂々と行動できるぞ」

それを見て、朝雲さんが嬉しそうに手を合わせる。

「これで私たちの活動も合法ということですね！」

「やりましたね、朝雲先輩」

……いいえ、合法ではありません。

手を取り合ってはしゃぐ二人を見ながら、俺は力無い笑みを浮かべた。

◇

17時を回り、外も暗くなりはじめている。

キリノキ高校の下見が終わったあと、俺はツワブキに立ち寄っていた。

文芸部所蔵の『彼女は俺の想像上の存在かもしれない』、の続きを借りるのだ。

これは主人公以外、誰も見たことがない少女との日常ラブコメだ。発売当時は次の巻で大炎上したらしく読むのをためらっていたのだが、いまならいける気がする——。

勢いをつけながら扉を開けると、無人だと思いこんでいた部室には先客がいた。

白玉《しらたま》さんだ。小さな白い花をいくつも手に持ち、針金でクルクルと巻いている。

「あれ、いたんだ」

「はい、ブーケを仕上げちゃおうかと。家には持って帰れませんから」

俺は本棚から本の続きを抜きだすと、少し迷ってから向かいの椅子《いす》に座る。

小さな花は造花だ。キレイなカーブを描くように慎重に角度を決めると、さらに慎重に持ち手にテープを巻いていく。

しばらくして、満足のいく形に仕上がったのだろう。丸く整った花の部分をギュッとつかんで、はなす。それを数回繰り返す。

「ほら、見てください。ここを外すと広がるようになってるんです。これならかさばらないので、服の中にしまえますから」

「へえ、よくできてるね」

白玉さんは笑顔で返事をすると、飾り用のリボンで最後の仕上げに入る。

「……安心してください」

手元に目を落としたまま、静かにつぶやく。

「え？　なにが」

「いざとなったら私が上手《うま》いこと言って、みなさんに責任がかからないようにしますから。それだけは安心してください」

そう言って黙りこむ白玉さん。

うつむいてブーケを作る彼女の姿に、俺は思わず話しかける。

「……こないだ、白玉さんは自分のことを失うモノがないように言ってたけど」

多分、これは余計なお世話だ。

彼女はこんな言葉を求めてはいないし。きっと役にも立ちはしない。

「気付いていないだけで、大事なモノを持ってるかもしれなくて」

白玉さんの手が止まる。

「……失ってからじゃ遅いから。だから少しだけ自分を――自分が持っているものを、大事にしてあげてくれないか」

俺の勝手な言葉をジッと聞いていた白玉さんが、目を伏せたまま口を開く。

「……部長さん、昔なにかあったんですか？」

「あった――ってほどじゃないけど」

視線を壁の本棚に向ける。去年の夏。八奈見《やなみ》と友達だったと気付く、その少し前。

八奈見を拒絶して――傷つけた記憶。

俺を他人のような目で見る八奈見《やなみ》は、確かにその本棚の前にいた。

もう1年近くが経《た》とうとするその日のことを、いまでもたまに思いだす。

「どんなことだっていつかは終わるけど。それがどんな終わりになるか、それをどんな思い出として受け入れるか——白玉《しらたま》さんはまだ選べると思うからさ。だから自暴自棄にだけはならないでほしい」

白玉さんは再び手を動かし始める。

「……でも、手放したくなるものだってありますから」

ほとんど囁《ささや》くように。

「持っていると辛《つら》くなるから、捨てたくなるものだってありますよ。思い出だって、その一つです」

捨てて。捨てて。全部捨てたその先に行きつくところ。

それがどんなところか知らないが。そこにいる彼女は笑ってはいない。そんな気がする。

「それでも——」

「できた!」

俺の言葉をかき消すように、白玉さんは完成したブーケを胸に抱くと、からかうような瞳を向けてくる。

「ふふっ、可愛《かわい》いですか?」

「ああ――すごくキレイだよ」

自然と口をついた言葉。

彼女の強がりと。嘘《うそ》と。隠しきれないさみしさと。

それを前にして、ただ俺は馬鹿みたいに、素直な言葉を口にした。

彼女は俺の返事に驚いた表情を浮かべ、静かに笑う。

「――ありがとうございます」

だけど彼女の笑顔は、あの日の八奈見の表情にとても似ていて。

俺は胸が詰まった。

Intermission　ひとの秘密は蜜の味

とある夜。マンションの一室で、三人の女性がローテーブルを囲んでいた。

家主の甘夏古奈美《あまなつこなみ》がグラスをかかげると、小抜小夜《こぬきさよ》と白玉《しらたま》みのりの二人もグラスを手に取る。

「あー、白玉みのりの結婚を祝して——かんぱーい！」

「「かんぱーい」」

甘夏のかけ声とともに、グラスが打ち鳴らされる。

一気にビールを飲み干した甘夏は、空のグラスをテーブルに置く。

「いやー、めでたい。田中《たなか》先生、生徒だけじゃなく同僚にも評判いいもんな。のり玉ちゃん、いい人つかまえたよ」

「ふふ、ですよね。私、しあわせ者です」

ハッキリと肯定すると、みのりは甘夏のグラスにビールをそそぐ。

小抜は天井を見上げながら、指折り数えはじめる。

「大学の頃《ころ》からだから、付きあって7年よね。一緒になるって決めてたにしては、ずいぶん時間がかかったわね」

「あの人、私が仕事に慣れるのを優先してくれたんです。最初の3年は大事だからって」

隠しきれないニヤケ顔。甘夏と小抜はヤレヤレと顔を見あわせる。

「そういや大学時代から、どんなに言っても会わせてくれなかったよな。田中先生がツワブキに赴任してきて、初めて顔を見たんだぞ」

「そうね、どうして秘密にしていたの？」

白玉みのりはグラスを両手で持ち、ニコリと微笑《ほほえ》む。


「――だってヌキさんの好みのタイプって、知り合いの彼氏じゃないですか」


甘夏の箸から、ホタテがポトリと落ちる。

「のり玉ちゃんはっきり言いすぎ。小抜ちゃんだって最近は落ち着いてるんだぞ？」

「あら、みのりの言う通りよ。人のモノって気になるでしょ」

「……小抜ちゃんは少しは否定しろ」

甘夏古奈美、２８歳。この三人だと、さすがの彼女もツッコミ役に回るのだ。

なぜか再び乾杯する小抜とみのりを見ながら、甘夏はホタテをモチャモチャとかむ。

「式は週末なんだろ。準備は終わったのか？」

「はい、準備は――終わっています」

どことなく含みをもたせた言い方に、小抜が心配そうな顔をする。

「リコちゃんのこと？」

笑おうとして、すぐにあきらめて頷《うなず》くみのり。

「前にあんな騒ぎを起こしてから、あまり話ができてなくて」

「リコはお姉ちゃんっ子だしなー。お前を田中《たなか》先生にとられた気がして、素直に祝福できないんだろ」

気楽そうに言う甘夏《あまなつ》に、みのりは気が抜けたように表情をゆるめる。

「ですかね。それにあの子、最近彼氏ができたんです」

「そうなのか?!　相手はどんなやつだ？」

「文芸部の部長さん――って言ってました」

ゴフッ。思わずむせる小抜《こぬき》と甘夏。

二人は顔を見合わせてから、言葉を選びながら口を開く。

「えー……まー……目立たないが悪いやつじゃないぞ。女子の知りあいが多いけど」

「そうね、あれだけの女生徒に囲まれて動じないのは見込みがあるわ。逸材《いつざい》ね」

「どんな子なんです……？」

先輩たちの言葉に、みのりの顔に不安が広がる。

「あー……どことなく、田中先生に雰囲気が似てるかな」

苦しまぎれにつけ足したひと言に、みのりはスッと背筋《せすじ》を伸ばす。

「……リコが選んだ子、雄二《ゆうじ》さんに似てるんですね」

確認するようにそう言うと、みのりはいつもの整った笑顔に戻る。

「そういえば甘夏さん、マッチングアプリ始めたんですよね。なにかいい出会いはありました？」

「そうね、会う約束をしたって言ってなかった？」

「…………マンション買わされそうになった」

「「…………」」

カシュ。甘夏は新たなビールを開けると、グラスに注がずにそのままあおる。

小抜がビールの缶を向けると、みのりは無言でグラスを差しだした。

「古奈美《こなみ》、今日は飲みなさい」

「そうですね、ジャンジャンいきましょう」

「おう、今日はとことんいくぞ！」

窓からの風が、カーテンをフワリとふくらませる。

夜風はすでに初夏の香りを含んでいた――。

～4敗目～　白玉《しらたま》リコ・リベンジ大作戦

GWの連休明け。放課後の部室に集まった八奈見《やなみ》、会長、白玉さんと俺をあわせた四人に向かって、朝雲《あさぐも》さんがキラリとオデコを光らせた。

「ついに『白玉リコ・リベンジ大作戦』の計画が完成しました。計画は大きく二つに分かれています。まずは――」

朝雲さんはホワイトボードに『フェイズ1』と大きく書きこむ。

「フェイズ1の達成目標は、偽白玉の八奈見さんが館内に侵入することです」

バナナをモチャモチャ食べながら親指を立てる八奈見。

ダイエットも順調で、やる気は充分だ。

「とはいえ、リコさんは式場の人に顔を知られています。変装した別人がリコさんのフリをして侵入するのは難しいでしょう」

朝雲さんはホワイトボードに8：30と書きなぐる。

「なので、最初に本物のリコさんが制服姿で入館して、式場の人に認識されたあと、変装した八奈見さんと入れ代わります。リコさん、手順は大丈夫ですね？」

つぶあんのチューブを吸いながら、虚《うつ》ろな瞳で頷《うなず》く白玉さん。大丈夫か。

彼女の増量計画は難航中。２ｋｇくらい八奈見なら瞬殺だが、無理は言うまい。

「今回の作戦で一番避けるべきは、リコさんがウエディングドレスを着ているとバレることです。最初に制服姿を式場の人に印象づけておけば、ドレス姿を見られても、まさか正体がリコさんだとは思わないでしょう。なにしろ八奈見さんが変装したリコさんがそこにいるんですから」

朝雲さんは生徒たちの反応を確認してから、再びホワイトボードに書きはじめる。

「入れ替わりに成功したら、フェイズ２に突入です」

大きく書かれた『フェイズ２』の文字を、赤いマーカーでクルリと囲む朝雲さん。

「カメラマンに変装した放虎原《ほうこばる》先輩と温水《ぬくみず》さんが式場に入ります。この際、できるだけ式場の人の注意をひいてください。その隙に偽玉こと八奈見さんの手引きで、ドレスに着替えたリコさんがチャペルに潜入します」

八奈見は食べ終えたバナナの皮を見つめながら、神妙な表情で頷く。

白玉さんは……なんか顔が青ざめてきたぞ。

「潜入が完了したら八奈見さんから合図を送るので、放虎原会長たちはカメラテストの名目で、田中《たなか》先生を連れてチャペルに向かってください」

マーカーのキャップをパチンと閉めると、朝雲さんはニコリと微笑《ほほえ》む。

「さて、一番の難関は撮影です。温水さん、絶対にリコさんが田中先生の視界に入らないよう、誘導をお願いします」

「ええと、具体的にどうやって？」

「それはもちろん、相手は生きた人間ですから。臨機応変《りんきおうへん》にお願いします」

「臨機応変って――」

さすがに異議をとなえようとすると、朝雲《あさぐも》さんは分厚い紙の束をテーブルに置いた。

「このマニュアルのとおりにすれば大丈夫です。それ前提の臨機応変ですよ」

朝雲さんはマニュアルの表紙をめくる。

「特にフェイズ2は、9時半から１０時までの限られた時間で遂行する必要があります。チャンスは1回、やりなおしはききません」

中には当日のタイムスケジュールがびっしりと書かれている。

田中《たなか》先生が会場入りするのが午前9時。俺と会長は9時半に偽カメラマンとして潜入し、本物のカメラマンが到着する１０時までに撮影と撤収を終えるのだ。

「では疑問点があれば言ってください。ここで解消しましょう」

朝雲門下生たちは顔を見合わせる。

疑問点だらけだが、ええと……まずは最初からいくとするか。

「スケジュールだと、親族の集合時間は１０時半だろ。白玉《しらたま》さんが入るのは8時半だけど、入れてくれるのか？」

「新婦の来場に母親や姉妹が同行するケースは多いので問題はないでしょう。新婦は着替えとメイク、髪のセットがあるので朝7時半に入場します。白玉さんが入館するのは新婦が身支度で身動きが取れない時間帯なので、向こうから会いにくることもないでしょう」

朝雲さんはマニュアルをパラパラとめくる。

「チャペル内部の飾りつけは午前9時すぎには終わると思われます。作戦時間のチャペルへの人の出入りはないか、極めて少ないでしょう」

なぜか自信満々の朝雲さんに、会長が怪訝《けげん》な顔をする。

「単純な疑問だが、なぜそんなにくわしいんだ？」

「この連休中、計5回の式を観察しました。小鞠《こまり》さんが内密で情報収集に動いてくれたんです」

……小鞠が？　いや、だけどあいつに情報収集とか、一番向いてなさそうな役割だ。

八奈見《やなみ》も同感なのだろう。不思議そうな表情で口を開く。

「どうやって？　小鞠ちゃん、警備員の人に声かけられなかったの？」

朝雲さんは黒とオレンジ色の表紙をしたスケッチブックを取りだす。

「式場前の駐車場で、風景画のスケッチをしながら人の出入りを調査してもらいました」

手渡されたスケッチブックには、式場周辺の風景画が描かれている。

一枚めくると、小さな文字で時刻や人の出入りがメモされている。

「昨日はキリノキ高校の屋上から、チャペルを見張ってもらいました。出入りするスタッフの動きも、ある程度つかんでいます」

「ありがたいけど、なんで秘密にしてたんだ？　言ってくれたらよかったのに」

会長は俺の手からスケッチブックを取ると、ジッと見つめる。

「失敗した時に備えてだろうな。計画が失敗し、文芸部員がそろって停学にでもなったら目も当てられない」

……まあ、確かに。こんな計画を進める俺たちを見て、あいつも不安だったに違いない。

それで陰でコッソリ、一人でこんなことを――。

「この件は小鞠《こまり》さんに言うなと言われてたので、内密にお願いしますね？」

悪戯《いたずら》っぽい仕草で、口の前に人差し指を立てる朝雲《あさぐも》さん。

この人の前では、守秘義務《しゅひぎむ》なんて言葉は無意味である。

黙ってマニュアルをめくっていた八奈見《やなみ》が口を開く。

「あのさ、白玉《しらたま》ちゃんは式場でウェディングドレスに着替えないの？　わざわざ抜けだして、キリノキ高校と往復するほうが目立つでしょ」

「白玉さんは前科があるので、大荷物を抱えていたら怪しまれます。それに親族の誰かが早い時間に来ないとも限らないので、ウェディングドレスの持ちこみはさけたいんです。もちろん、移動の際はコートでドレスは隠します」

「そのために、動きやすくかさばらないドレスを選びました」

白玉さんは口をはさむと、再びつぶあんのチューブをくわえる。

俺たちの質問が途切れたのを確認して、朝雲さんは10円玉大の黒い金属片を二つ、テーブルに置く。一つにはボタンがついているようだ。

「それと八奈見さんは、このクリッカーをお持ちください。ボタンが付いているほうです」

「クリッカー？　なにそれ食べ――」

「食べられません。そのボタンを押すと、こちらの子機《こき》が振動《しんどう》する仕組みです」

朝雲さんがボタンを押すと、片割れがブルリと震える。

「1回鳴らすと『前進』、2回が『後退』、3回が『待機』、それ以上の連打は――『全力で撤退《てったい》』です。振動するほうは白玉さんが持ち、その指示に従って動いてください」

なるほど。スマホや指信号より、ボタン一つで振動が伝わるほうが直感的で分かりやすい。

なんだかちょっとソワソワするのは、俺の心が汚れているせいである。

「撮影が完了したら、カメラマンのお二人は確実に田中《たなか》先生を二階にお連れしてください。その隙に、再び八奈見さんが白玉さんを誘導して二人とも脱出を。細かい計画はマニュアルを確認しておいてください」

改めて見るとこのマニュアル厚いな……。

若干引きつつも手にとると、表紙に『承認印』と書かれた四角い枠がある。

「ええと、この承認印というのは」

「それではプロジェクトリーダー、この計画に認可をお願いします！」

真っすぐに俺を見つめる朝雲《あさぐも》さん。プロジェクトリーダーって……俺？

たじろぐ俺に、朝雲さんがグッと身を乗りだしてくる。

「さあ、表紙に印鑑を押してください！　ググッと！　勢いで！」

「え、ほら、印鑑とか持ってないし……」

と、白玉《しらたま》さんが横から印鑑を差しだしてくる。

「それなら作っておきました。朱肉もあります。どうぞお使いください」

俺の印鑑を勝手に作ってくれたのか。へえ……それは気が利くな……へーえ……。

俺はうながされるまま朱肉に印を押しつけると、マニュアルの真ん中に印を押した。

初めて目にした『温水和彦《ぬくみずかずひこ》』と書かれた立派な印鑑で。

◇

作戦前日の放課後。

明日にそなえて、今日は全員身体《からだ》を休めることになっている。

俺はグラウンドの横をブラブラと歩きながら、自転車置き場に向かう。

……俺はこの半月で、何度一線を越えたのだろうか。

戦場なら胸に勲章が並んでいるに違いないが、あいにくここは平時の学校である。好き好《この》んで面倒ごとに飛びこむ人に、世間はきわめて冷淡だ。

日も傾きはじめ、グラウンドでは練習中の運動部が後片付けを始めている。

陸上部の中に見知った顔を探していると――バシン、と強く背中を叩かれた。

「痛っっった!?」

涙目で振り返ると、そこには予想通り焼塩《やきしお》の姿。

練習着の焼塩は、今度は軽く背中を叩くと、俺の隣に並ぶ。

「痛いって。練習中じゃないのか？」

「練習終わってクールダウン中。もう帰るんだ」

「ああ、自転車置き場まで散歩中」

言うでもなく、並んで歩きだす。

焼塩は周りにチラリと視線を送ってから、声をひそめて言う。

「……八奈《やな》ちゃんに聞いたよ。ヤバいことやってるんだって？」

「ヤバいってほどのことは――あるけど」

苦笑いをする俺に、焼塩が好奇心に満ちた瞳を向けてくる。

「なんか手伝おうか。体力なら任せてよ」

「お前はダメだって。陸上のほうが順調なんだろ」

焼塩《やきしお》は白い歯を見せて笑う。

「まあね。今月の県予選で勝ったら、来月は東海地区予選。それに勝ったら――」

「全国か」

うんうんと楽しそうに頷《うなず》く焼塩。

「調子はどうだ?」

「ばっちり仕上がってるよー。腹筋見る?」

「ちょっ……見ないし、男子に見せるんじゃありません」

慌てる俺を見て、ケタケタと笑う焼塩。

肩の力が抜けた、たわいもない会話。

先日の勝負から、ほんの少しの間だけ、微妙にぎこちない時期があった。

理由は分からないし、元に戻った理由も分からない。

「ね、文芸部のみんなで試合きてよ。すごいとこ見せるから」

「東海予選は行くよ。全国決まるとこ見たいし」

「え、県予選は見にきてくれないんだ?」

わざとらしく口をとがらせ、背中をつついてくる焼塩。

俺は苦笑しながら身をかわす。

「勝つだろ、焼塩なら」

「まあね」
そう言って、顔を見あわせて笑う。
――元に戻った。そう思っていたが、少し違う。
多分なにかが過ぎ去って、季節がめぐるようになにかが変わった。
それがどんなものか分かるには、きっと俺たちは幼すぎて。
大人になってから、いまの日々を思いだすのが……少しだけ楽しみだ。

◇

ついに結婚式当日だ。
午前7時。早朝の澄んだ陽の光が、キリノキ高校演劇部の部室に差しこんでくる。
ここにいるのは俺と朝雲《あさぐも》さん、会長、そして白玉さんが――二人。
そう、白玉さんに変装した八奈見が本人と並んでいるのだ。
ウィッグで同じ髪形にして、メイクに制服、靴や小物はおそろいだ。
……意外といける。
まあ確かにボリュームはちょっと違うし、使用前・使用後みたいなノリはある。
だが二人同時に姿を見せなければ、だませるのではなかろうか。

懸念《けねん》していた八奈見《やなみ》の胸回りも、白玉《しらたま》さんの控えめなそれと違和感がないし、ジャンル違いの足のラインも、どうやってるのかなんかいい感じに収まっている。

つくづく感心していると、朝雲《あさぐも》さんがキラリとオデコを光らせる。

「はいみなさん、私の言ったとおりでしたね。温水《ぬくみず》さんは予想どおりの行動をしてくれました」

「え、なんの話？」

女性陣は、俺の顔をジッと見つめてくる。

「男性は制服姿の女性を前にすると、顔・胸・足の順に見ます。ですからそこの印象を寄せれば、入れかわっても簡単にはバレないんです」

「朝雲さん、なに言ってんの?!」

いや待って、みんなそんな目で俺を見ないで。

いたたまれない俺に構わず、朝雲さんは説明を続ける。

「反対に女性はメイクや小物、服装をよく見ます。服は制服ですから、髪形やメイクをそろえて、全体的に青の差し色をして印象づけることにしました」

確かに胸に差したペンや腕時計、ネイルも青系だ。

会長は二人を見くらべながら口を開く。

「ただ声は簡単にはダマせまい。八奈見君はできるだけ話さないようにするのか？」

「はい、それも対策済みです。八奈見さん、お願いします」

八奈見は頷《うなず》くと青いマスクをつける。そしてマスク越しに聞こえてきたのは――。

『白玉リコです。今日はよろしくお願いします！』

……白玉さんの声だ。

驚く俺に向かって、八奈見がマスク越しでも分かるドヤ顔を向けてくる。

朝雲さんが八奈見のマスクを指差す。

「マスクに薄型の圧電フィルムスピーカーを仕込みました。本番では録音した白玉さんの声で会話をしてもらいます。かなり高性能なので人間の耳で聴き分けるのは困難でしょう」

「高かったです」

神妙な顔で頷く白玉さん。

「八奈見さんのウィッグも、同年代のアジア人女性の毛髪を使ったものです。サロンで白玉さんと同じ髪形にしてもらいました」

「高かったです」

再び頷く白玉さん。朝雲さん、人のお金を使うことに躊躇《ちゅうちょ》ない。

八奈見はポケットからＩＣレコーダーを取りだすと、ポチポチとボタンを押す。

『すいません、着替え中です』、『ちょっと風邪《かぜ》気味で』、『大盛りにしてください』、『あまったご飯、おにぎりにしてもらえますか？』


内容は少し八奈見《やなみ》が混じってるけど、確かに白玉《しらたま》さんの声だ。

感心する俺の横で、朝雲《あさぐも》さんが真面目な顔で頷《うなず》く。

「フェイズ1の準備は完璧ですね。さて次は――」

なぜか女性陣が一斉に俺の顔を見る。なんだなんだ……？

「ええと、俺と会長も変装をするんだよね。朝雲さんが衣装を用意してくれるって……」

「はい、田中《たなか》先生とじかに接するお二人には、特に念入りに変装をしてもらいます」

朝雲さんが目配せをすると、八奈見は無言で微笑《ほほえ》みながら背後に隠していたブツを掲げた。

黒くて上品なデザインの――スカートを。

「………はい？」

いや待て、この展開はひょっとしてあれか。俺に女装して式場に潜入しろというのか？

八奈見の顔に、隠しきれないニヤニヤが広がっていく。

「私のよそいきだよ。特別に貸したげるから、観念《かんねん》しようか？」

「待って待って、もっとよく考えよう。絶対にバレるって、やめたほうがいい」

その場から離れようとした俺の退路を、すばやくふさぐ朝雲さん。

「あら、温水《ぬくみず》さんが証明してくれたじゃないですか。家族ですら、『そんなはずはない』という正常化バイアスからは逃《のが》れられないって」

「でもほら……それだと会長も男装をするってことだろ。会長だって嫌ですよね？」

助けをもとめて話を振ると、会長は明るい笑顔で髪をかきあげる。

「構わない、私ならむしろ望むところだ」

……会長、ノリノリだ。

退路は絶たれた。絶望する俺に、朝雲さんは安心させるような笑顔を向けてくる。

「それと安心してください、メイクについては助っ人を呼んであります」

「へ？　メイクって朝雲さんがしてくれるんじゃないの？」

「男性を女性に見せるには、かなりの技術が必要です。それに私や八奈見さんはフェイズ1の準備がありますから――」

その瞬間、首筋にゾクリと冷たい風が触れ、廊下側の窓が次第に暗くなっていく。

いつの間にか開きかけた扉の隙間《すきま》から、白い瞳がこちらをジッと見つめている。

「志喜屋《しきや》先輩っ?!」

「温水君で遊べると……聞いてきた……」

ぬるりと部屋に入ってきた志喜屋さんが、ゆるゆると俺に近付いてくる――。

◇

……この姿、佳樹《かじゅ》には見せられない。

俺はランニングシャツの上から、八奈見《やなみ》に借りた白いブラウスを着る。

肩幅が気になったが、八奈見曰《いわ》く『上から羽織る用のオーバーサイズ』らしいので問題なく前のボタンも閉められた。

襟元《えりもと》がヒラヒラしていて落ち着かないが、第一関門は突破《とっぱ》だ。さて次は。

……ゴクリ。俺は無意識にツバを飲む。

目の前にあるのは、黒いノープリーツのスカート。八奈見の私物だ。

下に向かってわずかに広がるような、チューリップを思わせるデザインをしている。

女性モノのブラウスまではまだいい。いや、よくはないけど仕方ない。

だが、スカートをはくのは一線を越えていると言わざるを得ない。

「あの、やっぱ俺――」

「一人で……着れない……？」

入ってこようとする志喜屋《しきや》さん。俺は慌てて押しもどす。

「いやいや、一人で着れますって！　入ってこないでください」

ああもう、仕方ない。俺はズボンの上からスカートを装着する。

ええと、こっちが前だよな……ホックを閉じて、ファスナーを上げて……と。

俺は深呼吸をすると、姿見《すがたみ》で全身をチェックする。

変装もなにも、ここにいるのは『女物の服を着た男子高校生』だ。

思った以上にこれはキツイぞ……。

しかたなく、わざとらしく置いてある長髪のウィッグをかぶるが、女装感が増しただけだ。

「温水《ぬくみず》君、ズボンは脱がないの？」

「脱ぐから、八奈見さんはのぞかないで?!」

ああもう、ここまできたら覚悟を決めろ。

俺はズボンを脱ぎすてると、その勢いのまま、カーテンから外に出る。

「着た、けど……」

「「「おー」」」

パチパチパチ。手を叩く女性陣。なんの拍手だ。

「ほら、めっちゃ不自然だろ？　俺に変装とか無理だって」

八奈見はなぜかやけに楽しそうに、ポケットから小さなゴムバンドを取りだす。

「スカート入んなかったでしょ？　調整用のバンドを持ってきたから――」

「……？　いや、普通に入ったけど」

俺はスカートと身体《からだ》の間に指を入れる。

「なんならちょっとユルいくらいだな。そのバンドで調整できるのか？」

「……………」

「え、あの、バンドは」

なんで八奈見《やなみ》、人殺しの目で俺を見てくるんだ……？

いまにもバンドで首を絞《し》めてきそうな八奈見の肩に、朝雲《あさぐも》さんが手を置く。

「いい感じですね。ここには舞台用の補正下着やウィッグがありますので、それも使って仕上げていきましょう。志喜屋《しきや》先輩、あとはお願いします」

朝雲さんは会長と白玉《しらたま》さんを連れて、入れかわりで着替えスペースに入る。

会長は男装をするのか。やたらと似合いそうだな……。

そんなことを考えていると、俺をジトリと見つめる志喜屋さんの視線に気付く。

「ええと、先輩がメイクをしてくれるんですよね」

「それだけじゃ……だめ……」

志喜屋さんはフラリと間合いを詰めてくる。

「外に出るとこは……ごまかせない……手足に……首」

「首？」

志喜屋さんの細い指が俺の首に触れる。

「男の人……のどぼとけ……ある……」

ピタリ。志喜屋さんの手が止まり、不思議そうに首をかしげた。

「のどぼとけ……ちっちゃい……？」

え、そんなこと初めて言われた。八奈見も俺の首元をのぞきこむ。

「いくら温水《ぬくみず》君でも――うわ、ちっちゃ」

「うん……ちっちゃい……」

「ですね。草介《そうすけ》と違って、ぜんぜん小さいや」

女子二人に囲まれて、ちっちゃいちっちゃい言われるとか、なんなんだこの時間。

気圧《けお》されて後ずさる俺の身体《からだ》を、志喜屋さんがベタベタと触ってくる。

「足……スベスベ……」

「いや、あの――ふぁっ?!」

志喜屋さん、ついにはスカートに手を入れてきた。

と、八奈見が志喜屋さんの手をつかむ。

「ちょっと先輩、なにしてるんですか?!　文芸部はおさわり厳禁ですよ?!」

志喜屋さんを引きはがすと、部屋のすみに連れていく八奈見。

「だって……スベスベ……」

「あんなんでも、一応男子ですからね。たまに私をいやらしい目で見てくるし」

そう言うと俺にジト目を向けてくる八奈見。こいつ、俺をそんな風に見てたのか。

「でも温水《ぬくみず》君……身体《からだ》は……女の子……」

「えっ、そうなんですか？」

いいえ、身も心も男です。

ジットリした二人の視線に無意識にスカートを押さえていると、着替えスペースのカーテンが静かに開いた。会長が着替え終わったのだ。

迷いのない足取りで部屋の中央に歩みでる会長。

茶色の革靴を履《は》き、チェックのスラックスをサスペンダーで吊っている。

黒いハイネックシャツに、薄茶系のジャケット。頭にかぶったハンチング帽に髪をすべてしまいこんでいる。どことなく、大正の新聞記者を思わせるいでたちは、性別『放虎原《ほうこばる》ひばり』と言うにふさわしい。

「ふむ、不自然ではないかな。自分ではよく分からないが」

「とてもお似合いです。なんかこう、説得力がありますよ」

我ながら謎のホメ言葉に、朝雲《あさぐも》さんが頷《うなず》きながら隣に並ぶ。

「男女差が出やすい首元を、ハイネックのシャツで隠しました。髪はネットでおさえて帽子に収納したので、自然に見えると思います」

朝雲さんは会長の身体をポンポンと叩く。

「あとは体型ですね。補正下着と服の重ね着、それにタオルをサラシで巻いて、身体のボリユームを調整しましょう。メイクは志喜屋《しきや》先輩にお任せします」

朝雲さんはチラリと壁の時計を見る。

——午前7時半。新婦の白玉《しらたま》みのりが会場入りする時間だ。

「まずはフェイズ1。白玉さんが式場に入ったあと、ころあいを見て八奈見《やなみ》さんと入れかわります。さあプロジェクトリーダー、号令を！」

そういえばプロジェクトリーダーって俺だっけ。そうか……ヤダな……。

とはいえ、ここまできたら是非もない。俺は背筋《せすじ》をのばすと、みんなの顔を見回す。

「では白玉リコ・リベンジ大作戦開始……ということで」

俺の煮えきらない号令で、ついに計画が始まった。

◇

八奈見たち三人は出動した。俺たちはフェイズ2の準備だ。

……顔にふれる柔らかいブラシ。ときおり頰《ほお》を軽く押す志喜屋さんの冷たい指。

衣《きぬ》ずれの音、志喜屋さんの浅い呼吸音。そして化粧と混じった志喜屋さんの香り——。

目をつぶっていると他の感覚がとぎすまされる。

ドキドキしながら固まっていると、

「目……開けて……？」

近くから志喜屋《しきや》さんのかすれ声。

ゆっくりと目を開けると、志喜屋さんが手鏡を俺に向けている。

これが……俺……？　さっきまでと全然違うぞ……。

俺は立ちあがると、姿見に全身を映す。

年は二十くらいだろうか。地味だがちょっと背伸びして、精一杯に可愛《かわい》く装った女子の姿がそこにある。きっと読書が趣味で、素敵な出会いを夢見る純朴な子だ。

メイクだけではない。タオルをサラシで巻いて体型を調整し、首元はスカーフでごまかしている。肩幅が目立ちにくいジャケットを選び、スカートから伸びる足には肌色のタイツ。

「うん……可愛い……抱《だ》ける……」

志喜屋さんがしみじみとつぶやく。

と、部屋の扉が開いて朝雲《あさぐも》さんと白玉《しらたま》さんが走りこんできた。

「フェイズ1、八奈見《やなみ》さんとの入れ代わりは成功です！　さあ時間がありません。ウェディングドレスに着替えますよ」

「はい、分かりました！」

朝雲さんがバタバタと更衣スペースのカーテンをくぐり、白玉さんもリボンを外しながらその後に続く。

「着替え……お手伝い……する……」

フラフラとカーテンの向こう側に消える志喜屋さん。

どことなくマズイ気がするが、なにがマズいかよく分からないので見なかったことにする。

会長はサスペンダーをパチンと鳴らしてから、ジャケットを羽織る。

「さて、次はフェイズ2だ。八奈見君の手引きで白玉君をチャペルに引きこみ、我々が田中《たなか》先生を連れだして写真を撮影する――さすがに緊張してきたな」

ある意味これからが本番だ。偽カメラマンの潜入が失敗すれば、その時点で作戦は終了だ。

「それはそうと会長、カメラはどこですか？」

「ああ、馬剃《ばそり》君に頼んである。きっと生徒会室に――」

顔を見あわせて固まる俺と会長。

「それって、ツワブキに忘れたってことですか?!」

「弘人《ひろと》が荷物に入れてくれているかもしれない。ちょっと待っていてくれ」

会長は更衣スペースのカーテンをくぐる。

待て、カメラがないとカメラマンのフリどころじゃないぞ。

ここにきて最大のピンチに困っていると、ノックに続いて部屋の扉が開く。

「失礼します。私、ツワブキ高校の馬剃《ばそり》というものですが……」

天愛星《ていあら》さんっ?!　俺は勢いよく背を向ける。

「すいません、こちらに放虎原《ほうこばる》はお邪魔してませんでしょうか」

「えっ、あっ、はい！　いるにはいますが、現在ちょっと席を外してまして！」

天愛星《ていあら》さんは『やっぱり』とつぶやくと、こちらにツカツカと近寄ってくる。

「忘れ物を届けに来たのですが、本人はどちらにいますか？」

「い、いつ戻るか分からないので、そのへんに置いといてくださいませ！」

裏がえった声で答えると、天愛星さんの足がピタリと止まる。

「本人に直接渡したいので、待たせてもらっていいでしょうか？」

「あ、はい、構いませんけど」

バレて……ないよな。俺は天愛星さんに背を向けたまま、息すら止めて気配を殺す。

そう、俺はキリノキ高校の妖精だ。心が腐《くさ》った人には見えない妖精さん――。

「あの、おうかがいしてよろしいですか？」

バッチリ見えてた。俺は無言でコクコクと頷《うなず》く。

天愛星さんはためらうように間をおいてから、口を開く。

「放虎原は――ここでなにをしているんですか？」

え、まさかこの人、俺たちの計画に気付いているのか……？

「なにってその……取材です。演劇部の取材です」

「確か文芸部の人と一緒ですよね。なんであの人が、文芸部と演劇部の取材を？」

「さ、さあ。私にはなんとも」

……ゴクリ。俺はツバを飲みこむ。

少しの間。しばらく黙っていた天愛星さんが、ポツリと呟《つぶや》く。

「……温水《ぬくみず》さんも水臭いです」

「え、俺？」

「えっ?!」

あ、ヤバイ。慌てて口を手でふさぐがもう遅い。

「ちょっと顔を見せてください！」

天愛星さんは俺の肩をつかむと、強引に振り向かせる。

そこには驚きに目を丸くする天愛星さんの顔。

「温水さんっ?!　なんでそんな格好を?!」

「え、えーとそれは……」

顔を引きつらせていると、カーテンが開いて会長が姿をあらわす。

「おや、その声は馬剃君か。どうしてここが分かったんだ」

「生徒会室の予定表に書いてありました！　ここでなにを――きゅっ?!」

天愛星さんが絞《し》められたニワトリみたいな音をだす。

会長は固まる天愛星さんの手から、カメラバッグを受けとる。

「カメラを届けにきてくれたのか。助かった、恩にきる」

「かっ、ぬっ、えっ、じゃあ……」

天愛星《ていあら》さんは口をパクパクさせながら、俺と会長の顔を何度も見くらべる。

「会長が男で、温水《ぬくみず》さんが女で、つまり、その——そういうことなんですかっ?!」

違います。

会長はなぜか得たりとばかりにコクリと頷《うなず》く。

「うむ、よくは分からんがそんなところだ」

「会長、適当なこと言わないで?!」

天愛星さんはもう一度、絞められたニワトリみたいな音をだす。

そして鼻からツーっと赤い筋を流しながら——その場に卒倒《そっとう》した。

◇

午前9時30分。作戦はフェイズ2に突入した。

俺は肩にかけたバッグの重みを確かめながら、式場の玄関を見上げる。

2度目の来訪。前回は見学者としてだったが、今回は完全に侵入者だ。

「……天愛星さん大丈夫ですかね」

緊張をごまかすように独りごちると、会長が安心させるように肩を叩いてくる。

「志喜屋《しきや》がついてくれているから大丈夫だろう」

だから心配なんだが、そこは言うまい。

チラリと横に視線を送ると、隣の建物との隙間《すきま》に、二つの人影が見える。

朝雲《あさぐも》さんと、ウェディングドレスの上からコートを羽織った白玉《しらたま》さんだ。俺たちが無事入りこんだら、八奈見《やなみ》の手引きで白玉さんがチャペルに侵入する手はずになっている。

会長はもう一度俺の肩を叩くと、玄関の大きな扉を開いた。

シックな色調の高い天井。先日と違い、式場の従業員が忙しそうに行きかっている。

会長は迷わず受付に向かうと、名刺を差しだした。

「お忙しいところ失礼します。『スタジオ・だもんで』の虎谷《とらたに》です。今日は田中《たなか》様と白玉様の撮影でうかがいました」

受付で書類を書いていた女性の従業員が、怪訝《けげん》そうに顔を上げる。

「お疲れ様です。打ちあわせは10時からとおうかがいしていましたが……」

「初めての式場なので、撮影場所の下見をさせていただければと。よろしければ新郎の田中様にご挨拶《あいさつ》させてもらえませんか？」

男装の会長はニコリと微笑《ほほえ》む。

女性従業員は一瞬息をのむと、夢でも見ているような表情で頷く。

「ええと、そういうことでしたら……新郎様にご都合をうかがってきますね」

「恐れいります。私たちもご一緒しましょう」

会長、さすがのレディキラーだ。

俺は目立たぬように背をかがめながら、二人の後をついていく。

……あ、トイレのあたりに偽白玉《しらたま》の八奈見《やなみ》がいる。

所在無さげにうろついていた八奈見は、俺たちに気付くとコッソリ親指を立てる。やめろ。

「――みなさんに夢を提供する素晴らしい仕事だと思いますよ。自信を持ってください」

「ありがとうございます。なんだか少し、気が楽になりました」

「お話ならいつでもお聞きしますよ。いつでもスタジオにおいでになってください」

会長、なんか従業員の身の上話を聞いているぞ。八奈見がサムズアップしてる間になにがあった……？

俺は二人に続いて2階に上がる。

階段を上った左側が、説明会があった会議室。右に進むと新郎新婦の更衣室が並んでいる。

新郎と新婦は別の部屋。そして1日2組が式を挙げられるので、計4室が並んでいる。

更衣室の先は、披露宴会場の吹き抜け階段につながっている。

――奥から二つ目。『田中《たなか》家・新郎様控室』と書かれた札がついた扉を従業員がノックする。

「田中様、よろしいですか。撮影の方がいらしてます」

扉はすぐに開いた。タキシード姿の田中《たなか》先生が、驚いたように俺たちを見る。

「おや、少し早かったですね」

「はい、こちらの式場は初めてなのでカメラテストをしたくて。お邪魔ではありませんでしたか？」

差しだされた名刺を受け取ると、田中先生はむしろ嬉しそうな顔をする。

「暇《ひま》をしていたから構いませんよ。男の準備はすぐに終わりますからね」

会長は、ポウっと自分を見つめている従業員に微笑《ほほえ》みかける。

「ありがとう、ナツミさん。お仕事に戻ってくださいね」

「はい。なにかありましたら声をかけてください」

会長に意味ありげな視線を送ると、背を向けるナツミさん。そんな名前だったのか。

……さて、白玉《しらたま》さんのチャペル潜入は上手《うま》くいったんだろうな。

雑談をする先生と会長の裏で、俺はこっそりとスマートウォッチに視線を送る。

と、タイミングよく画面にメッセージが浮かびあがってきた。


『ご飯は炊《た》けた』

——八奈見《やなみ》から配置完了の合図だ。白玉リコのチャペル潜入は成功した。

俺は田中先生と世間話をしている会長の背中を軽く叩く。

「虎谷《とらたに》さん、そろそろ陽が高くなってきました」

「ああ、そうだな。急がないと」

会長はカメラを片手で顔の横にかかげると、性別不詳の魅力的な笑みを浮かべた。

「では新郎様、ご足労《そくろう》願えますか――最高の写真を撮ってみせますよ」

◇

チャペルでは光がキラキラと舞っていた。

三方の窓から差しこむ朝の陽光が、高い天井で回るシーリングファンに巻きあげられるかのように、室内を明るく彩っている。

厳かな雰囲気に立ちつくしていると、会長が俺を振り返った。

「では和子《かずこ》君、準備を頼む」

和子――って俺か。慌ててバッグから折りたたみ式のレフ板を取りだす。

レフ板とは光を反射させる板で、なんかこれがあるとキレイな写真が撮れるらしい。

今回使用するものは、広げると１ｍを優に超える大きさになる。

田中先生が興味深そうに近付いてきたので、俺はレフ板を持ち上げて顔を隠す。

「ずいぶんと本格的ですね。本番もこれを?」

「自然光をいかした写真を撮るので、挙式の時間を想定したライティングをテストするんです。それでは向かって右に4歩、移動してもらえますか」

「おっと失礼。このあたりですかね」

会長がカメラを構える。

「ええ、いいですね。もう30度右を向いて。顔は壁を見るくらいの角度で——ああバッチリです。そのまま動かないで」

シャシャシャシャ。シャッター音が響く。

会長はカメラのファインダーから目を離すと、手ぶりで俺に合図する。


「——和子《かずこ》君、もう少し後ろから照らしてくれないか」


その言葉が合図だ。俺は頷《うなず》くと、足音を立てないように説教台に近付いていく。

田中《たなか》先生との位置関係を計算しながら説教台の後ろに回ると——白いドレスに身を包んだ白玉《しらたま》さんが、身をかがめて台の中にしゃがみこんでいる。一瞬、目が合う。

床までレフ板を下ろすと、白玉さんはゆっくりと説教台からレフ板の裏へと移動する。

「もう少し光が欲しいかな。和子君、もう少し前に出てくれないか。いっそのこと、新郎様の隣くらいまで近付いてくれ」

俺は頷くと静かに、でも気配を殺しすぎないようにゆっくりと前に進む。

たった3mばかりの距離。だけどそれがいまは遠い――。

「タキシードの襟《えり》が少し曲がってますね。もっと上……はい、これでもう一度撮りましょう。身体《からだ》を少し壁に向けて。顔もそのまま。はい、そのまま動かないでください！」

シャシャシャシャシャ――。

シャッター音にまぎれて最後の一歩を詰めると、レフ板を横によける。

そこからは一瞬だ。

俺がすばやく離れたその場所に、ブーケを手に、ウェディングドレスを身にまとった白玉さんが立った――新郎に寄り添うように。

時間にしたらほんの数秒。カメラで切り取ったのはさらにその数十分の一秒だ。

会長がカメラを持つ手の人差し指を一本立てる。撮影完了の合図だ。

俺はすばやく近付くと、レフ板を床に立てる。

白玉さんがその裏に隠れるのと、田中先生が振り返ったのはほぼ同時。

至近距離で田中先生と目が合う。

「す、すいません、ちょっと近付きすぎちゃいました。えへ、えへへへへ……」

「あなたでしたか。……さっき隣に誰かいたような気がしたもので」

俺に近付こうとする田中《たなか》先生の前に、会長が割りこむ。

「すいません、アシスタントが近すぎましたね。カメラテストは完了です」

「え、ああ……お役に立てたならよかった」

どことなく気圧《けお》されたような表情の田中先生。会長はその肩に手を回すと、チャペルの出口に向かって歩きだす。

「本番では、お二人の最高の瞬間を切り取ってみせます。新婦様のドレス姿はもう見ましたか？」

「ええ、ドレス選びのときに」

「素敵ですね。本番ではメイクもするので見違えますよ」

話しながらチャペルを出ていく二人。

閉じた扉を見つめていた俺の隣に、いつの間にか白玉《しらたま》さんが立っている。

「大丈夫？　上手《うま》くいったね」

「あ、はい……」

白玉さんはボウッとした表情で、その場に立ちつくしている。

どことなく不安を感じつつ、もう一度声をかける。

「八奈見《やなみ》さんがむかえにくるまで、もう一度隠れてて。俺は田中先生が部屋に戻ったのを確認しに行くから」

コクリと頷《うなず》く白玉《しらたま》さん。俺はレフ板をたたんでチャペルを出る。

さあ、ミッションコンプリートまであと少し。俺たちがここから脱出すれば完了だ。

俺は八奈見《やなみ》に任務完了のメッセを打つと、会長の後を追って2階への階段を上る。

一週間かけた準備も、終わってしまえば一瞬だ。

ようやく肩の荷が下りた。念のための用意がムダになってよかったな……。

すっかり気が抜けた俺をもう一度現実に引き戻したのは――八奈見からの返事だった。

『白玉ちゃん、どこにもいないんだけど？』

◇

白玉さんが姿を消した。

俺と会長、八奈見の三人は彼女を最後に見た場所、チャペルに集まっていた。

「合図してても全然出てこないからさ、様子を見にきたら誰もいなくて」

身振り手振りで話し続ける八奈見。

会長はスマホから顔を上げると、顔を横に振った。

「朝雲《あさぐも》君も、彼女が建物から出てくるのを見ていないそうだ」

つまり――白玉リコはまだこの建物の中にいる。

黙って姿を消したということは、なにかをしようとしているに違いない。

俺は気を取りなおしてウィッグの前髪を直す。

「ここにいても仕方ないし、手わけして彼女を探そうか」

「そうだな。幸いにもゲストの到着前だ」

「ねえ、あとで白玉ちゃんのブーケもらっていいかな。持ってると次に結婚できるんでしょ？」

最初の持ち主は結婚どころかなす術もなく振られてるが、それでもよければ。

俺たちはチャペルを出ると、式場の建物に入る。

白玉さんが隠れるとしたら、親族の更衣室だろうか。それともトイレか倉庫……。

考えながら玄関の方に向かっていると、受付で二人組の男性がなにかを話している。

肩から下げているのは――カメラバッグ。本物のカメラマンが到着したのだ。

「……和子《かずこ》君、いったん下がろう」

固まる俺の腕をつかむと、きた道を引き返す会長。

八奈見が戸惑いながら後をついてくる。

「えっ、どうするの？　私はどうすればいい？」

「八奈見さんは俺たちと一緒にいない方がいい。ここで解散だ」

俺と会長は八奈見を残して建物を抜け、再びチャペルの前に出る。

「会長、まずは身を隠しましょう」

「どこかいい場所はあるのか？」

「こっちです」

俺はチャペルと塀《へい》の間、茂みの中に足を踏み入れる。

チャペルの側面と正面には大きな窓があるが、奥の一角だけが死角になっている。

俺たちは周りの視線からさえぎられているのを確認すると、ホッと息をつく。

「まずいですね。本物と鉢合わせになったら、いいわけができませんよ」

「やむをえない。ここはいったん脱出しよう」

「玄関を通るのは危険ですよ。下手したら俺たちを探しているかも」

会長はハンチング帽の先をつまみながら、高い塀を見上げる。

「この塀を越えればいい。私が台になるので、先に上に登ってくれ」

目標は達成した。脱出の判断が賢明《けんめい》なのは言うまでもない。

そう、後は白玉《しらたま》さんの問題だ。気持ちに区切りをつけ、いままで通りにすごすのも。

すべてを捨てる覚悟で、なにかを起こすのも——。

「……俺は残ります」

驚く会長に向かって、俺は言葉を続ける。

「白玉さんをこのままにはできません。もう少しだけ、やれることを探してみます」

「では私も一緒だ。君一人をここに残すわけにはいかない」

俺は首を横に振る。

「演劇部の部室に大きな黒いボストンバッグがあります。それを持ってきて、ここに投げ入れてくれませんか」

一瞬、固まっていた会長が驚いた顔をする。

「……君はこの事態を予想していたのか？　最初から？」

「予想というより覚悟していた、ですかね」

スマートウォッチの時刻は、ちょうど10時を指している。結婚式の開始は12時。

それまでに白玉さんを見つけて、説得して着替えさせて、式に参加させるだけだ。

……うん、それだけだ。俺は会長に向かって親指を立てる。

「任せてください。こういうことには慣れてますから」

こんなこと文芸部ではよくある話。こう見えても俺は部長なのだ。

◇

11時をすぎ、ゲストの受付が始まった。

待合スペースやガーデンにゲストの姿が見え始めたころ、俺は隠れ場所から脱出した。

カメラアシスタントの泉和子《いずみかずこ》ではなく――どこにでもいる男子高校生Aとしてだ。

会長に運んでもらった黒いボストンバック。

中身は演劇部に借りたキリノキ高校の男子制服だ。

学生は一般的に結婚式に制服で出席するから、目立たずに行動できる変装なのだ。

「やっぱりズボンは落ち着くな……」

あのスースーする感覚には慣れる気がしないが、夏には意外と涼しくていいのか……？

豊橋《とよはし》の暑い夏を思いながら、室内の待ち合わせスペースに入る。

壁沿いにイスとテーブルが並び、ガーデン側が一面のガラス戸になっている。

いまはガラス戸は開け放たれて、さわやかな初夏の風が流れこんでくる。

談笑するゲストの中に白玉《しらたま》さんの姿を探すが、さすがにここにはいないようだ。

ちょうどバーカウンターに差しかかったので、ウーロン茶をもらって一服する。

見失ってからすでに1時間以上経《た》っている。どこかに隠れて、動いていない可能性が高い。

1階は人目につくし、次に探すなら2階かな……。

ウーロン茶をすすっていると、隣に女性の二人組が並ぶ。

「いやあ、のり玉ちゃん可愛《かわい》かったなぁ。田中《たなか》先生にはもったいないって」

っ!?　この声は――甘夏《あまなつ》先生?!

慌てて顔をそむけると、二人目の女性の声が聞こえてくる。

「あら、あの子には年上の男性がぴったりよ。しっかり者な分、甘えさせてあげないと」

小抜《こぬき》先生もいる。俺は気配を殺しながらジリジリと遠ざかる。

「私も甘えたい……やっぱマンション買っときゃよかった」

「古奈美《こなみ》、ひょっとしてもう飲んでる？」

「飲んだらこんなもんじゃないぞ」

この人、プライベートでもこんな感じか。俺は先生がクダをまく隙にその場を離れる。

白玉さんは人ごみの中にはいないようだ。反対に人のいないところを探せばきっと……。

人目を避けながら、バックヤードに続く薄暗い廊下に足を踏みいれる。

少し進むと『倉庫』と書かれた扉があった。人目を気にしながらドアノブを回すと、カギはかかっていないようだ。俺はゆっくりと扉を開く。

「白玉さん、いる……？」

倉庫の中は真っ暗だ。明かりのスイッチを探る手を――誰かが乱暴につかんだ。

「ひゃっ!?」

「どこにいたのよ温水《ぬくみず》君！」

この声は――八奈見《やなみ》だ。八奈見は俺を倉庫に引きずりこむと、扉を閉める。

闇に閉ざされた倉庫の中、八奈見のスマホの灯りが俺たちの顔を照らす。

「八奈見さん、なんでこんなところに？」

「あのあと、白玉《しらたま》家の親戚一同が着いたんだよ！　両親に見つかったら最後だから、必死に逃げ回ってたんだからね?!」

俺が口を開こうとすると、そのヒマもあたえずに詰め寄ってくる八奈見《やなみ》。

「それで聞いてよ！　ここに隠れる前、親戚のおじさんにつかまったんだけどさ。久しぶりとかいうけど私は初対面だし、『肥えた』って5回も言われたんだけど?!　5回よ?!　これでも3kgやせたんですが！」

「ええと、バレなくてよかったね。それより白玉さんを探さないと」

俺は八奈見をなだめつつ、スマホの画面の時計を確認する。

――時刻は11時15分を回っている。式は12時からだから、時間との勝負だ。

八奈見は言いたいことを言い終えると、満足したのだろう。青いマスクを顔につける。

「さて、温水《ぬくみず》君も手伝ってよ。トイレにもいなかったし、あと探すんなら2階じゃないかな」

やはり残るはそこだけか。俺は無言で頷《うなず》くと、倉庫の扉を開けた。

◇

2階には新郎新婦の控室がある。ゲストは誰も立ち入らないように見えて、あいさつにおとずれる親戚や友人がいるので、人の往来《おうらい》は決して少なくない。

まずは新郎新婦の控室とは反対側、階段を上って左のエリアを探索する。

廊下の一番奥、教室を一回り小さくしたくらいの集会室の中を探す。

見学会で最初に説明を受けた場所で、今日は一時的な荷物置きに使われているようだ。

奥の大きな窓からベランダも確認したが、白玉さんの姿は見えない。

部屋を出ると、他の部屋を確認していた八奈見が首を横に振る。

「こっちにもいなかったよ」

そうなると――残るは新郎新婦の控室がある一角だ。

八奈見のノドがゴクリと鳴る。

「まさか刃傷沙汰《にんじょうざた》とかないよね？　私、第一発見者になるのイヤだし、温水君先に行ってよ」

「人の出入りがあるから、それはないって。むしろその先の披露宴会場に隠れてるかも」

「披露宴会場……？」

腕組みをして考えこむ八奈見。

「どうしたの？」

「分かった、ケーキだよ……！」

「お腹《なか》空いたの？」

「空いてるけど違います。結婚式って背よりも高いケーキがあるでしょ？　白玉ちゃん、中身を食べて中に潜んでるんじゃないかな」

えっ。この人、本気で言ってるのかな。本気だな。八奈見《やなみ》だし。

「あれって、ケーキ入刀するとこ以外はつくりものだぞ」

「えっ、あれって偽物……？　ウソでしょ……？」

八奈見杏菜《あんな》16歳。明かされた真実に立ちつくす。

ショックを受けたのは分かるが、いまはそれどころじゃなさすぎる。

「ほら、きっとオプションで全部をケーキにできるって。さあ早く行こう」

「バブルなら……？　バブルの時代なら全部ケーキだったのかな……？」

「そうだね、バブルまたくるといいね」

八奈見を急かして、階段のところまで戻る。

と、ちょうど階段を上ってきた中年女性が、俺たちの前で立ちどまった。

「あらー、ひょっとしてリコちゃん？　私のこと覚えてる？　湖西《こさい》のミツエおばちゃんよ」

?!　まさかここで白玉《しらたま》さんの知り合いにエンカウントだ。

『リコです。お久しぶりですね』

焦《あせ》ったのか、ＩＣレコーダーで白玉さんの声を再生する八奈見。

ミツエおばちゃんは、笑顔で八奈見の手を握る。

「本当に久しぶりね！　小学生のころはあんなにほっそりしてたのに、すっかり肥え――立派になっちゃって」

K
KIRINO

『はい、私はご飯が好きです』
そう、白玉《しらたま》さんの声で返事をした以上、録音した音声で会話せざるを得ないのだ。八奈見《やなみ》がワタワタと慌てながら俺に目配せをしてくる。これは……。

――私に任せて先に行け。

そう言いたいに違いない。きっとそうだ。そう決めた。
俺はソロソロと後ずさると、八奈見に親指を立ててからその場を離れた。
八奈見の射殺《いころ》すような視線を背中に受けながら。

◇

披露宴会場に繋がる廊下沿いに、扉が四つ並んでいる。
一番奥が新婦の控室で、その次が新郎の控室だ。
俺は少し考えて、新郎の控室から一つ手前のドアノブを回す。
……鍵はかかっていない。俺はそっと扉を開ける。
窓からそそぐ柔らかな光の中――白玉リコの姿があった。

すっと背筋《せすじ》を伸ばし、両手にブーケを持って、誰かを待つように静かに立っている。

俺に気付いた彼女の表情は、湖面に立つさざ波のようにわずかにゆらぐ。

「部長さん、着替えたんですね。その格好もお似合いですよ」

俺は部屋に入ると、後ろ手に扉を閉める。

「そんなことより早く着替えないと。式に間にあわないよ」

「……ですね、このままだと間に合わなくなっちゃいますね」

その声色に、俺は踏みだしかけた足をとめた。

白玉さんは鏡のように透明な瞳を俺に向け、呟《つぶや》くように話しだす。

「私、自分がこんなにあきらめが悪いなんて思っていませんでした」

視線を逸《そ》らすように顔を伏せ、ドレスの裾《すそ》がわずかに揺れる。

「ひとつ叶えれば、もうひとつ叶えたくなって。多分それも叶ったら、もうひとつ欲しくなるんです」

白玉さんは顔を上げる。

そこには自嘲《じちょう》とも違う、自らを削りとるような、ヒリヒリと乾いた笑み。

「白玉さん……」

「私、こんな女なんです。全部壊して逃げだしたいのに、意気地《いくじ》がなくて。ここで時間切れになるのを待っているような卑怯《ひきょう》者なんです。だから」

意志の力で、唇の端を上げる。

「——部長さんは早く逃げてください」

俺はその場に立ちつくしたまま、胸をおおう感情に揺られていた。

さすがの俺も少しだけ怒っている。白玉《しらたま》さんと——俺自身に。

こんな女を俺は知っていたはずだ。

自分勝手で、あきらめが悪くて。

とんでもなく不器用で。やることなすこと無茶苦茶で。

だけど最後は——自分より相手の幸せを考える。そんな女たちを。

そんな女たちにキレイゴトなんて、響かない。

俺はにらみつけるように、そんな女の瞳を見すえる。


「——田中《たなか》先生のこと、本当にあきらめていいのか？」


その言葉に返そうとした白玉さんは、なにかに気付いたように動きをとめる。

「……私にお兄ちゃんを奪えって、そう言ってるんですか？」

「ああ、そう言ってる」

俺は苛立《いらだ》ちを隠さずに答えると、白玉さんに歩み寄る。

「わざわざ田中先生の隣の部屋に、カギもかけずに隠れるってことは――見つけてほしかったんだろ？　偶然でもなんでもいい。人の手を、好きな人の手を借りて全部ぶち壊したい。そう思ってたんじゃないのか？」

「――っ！」

白玉さんが口を開くより早く、俺は言葉を重ねる。

「そんなことしたって、どうせあきらめきれないだろ。これまでずっと隠れて思い続けてきたんだ。それが姉と結婚したくらいで、全部ぶち壊したくらいであきらめるような、君はそんな人じゃない」

俺を睨《にら》みつけるようにして立っていた白玉さんは、根負けしたように肩を落とす。

「私は……二人の幸せを壊す気はないんです」

「二人が幸せじゃなくなったら？」

「それは――」

白玉さんが大きく目を見開く。

反論をしようとして、今度こそ観念《かんねん》したように首を横に振る。

「……部長さんって、こんなに意地悪だったんですね」

「みそこなっただろ」

「いいえ。ちょっとだけ――ゾクゾクしました」

強気な言葉と裏腹に、ブーケが床にパサリと落ちる。

「……待ちますよ、私」

上目遣いに、男の心を見透かすような瞳を向けてくる。

「物心ついてから10年以上、隠してきたんです。この先5年だって10年だって、隠し通してみせます」

「じゃあ、いま君がいるべきところはここじゃない。ちゃんと二人を祝福して、これからもそばにいないと」

「……はい、部長さん」

いつもの口調に戻ると、白玉《しらたま》さんはいつもの完璧な笑みを浮かべる。

「いまから急いで着替えに戻れば式に――」

「んっ……！」

え、なに。急にエッチな声だして。

驚く俺の前で、モジモジと顔を赤くしてうつむく白玉さん。

「いえあの、そういうのではなくて。朝雲《あさぐも》さんに渡された振動するボタン……付ける場所がなかったので……んっ、内モモにテープで貼ったんです」

そういうのだった。

「ええと、なんでそれが震えてるの？」

「それが、さっきから八奈見《やなみ》さんがずっと押してきて……」

……ずっと？　たしか1回押すのが進めで、2回が戻れ。

そして4回以上は——全力で撤退。

俺はとっさに扉に走り寄って鍵を閉める。

次の瞬間、ガチャガチャとドアノブが回った。

『あれ、鍵かかってるけど。山下さん鍵持ってる？』

『ちょっと待って、確かここに——』

扉の外から、若い男性の声が聞こえてくる。式場の人がこの部屋に入ろうとしているのだ。

視線を交わすひまもない。部屋の扉は一つ。もう一か所の逃げ場所は——。

俺たちはベランダにつながる窓を開けると、外の様子も見ずに飛びだす。

逃げだすのとほぼ同時。音をたてて、さっきまでいた部屋の扉が開く。

……俺と白玉さんは、窓から見えない位置で、息もひそめて身をかがめる。

部屋に入ってきた若い従業員の声が、窓の外まで聞こえてくる。

『このコートとブーケ、誰の？』

『前の組の忘れ物かな。とりあえず預かっといて』

コート？　そういえば白玉さんはドレスの上から長いコートを着ていたはずだ。

息を潜めていると、従業員は開けっ放しの窓を閉め、カチャリと音をたてて鍵をかける。

これで部屋に戻ることはできなくなった。

まさかウェディングドレス姿で、ここから逃げなきゃいけないのか……？

「ここまできたら腹をくくりましょう、部長さん」

俺の心を見透かしたように、耳元で囁《ささや》く白玉《しらたま》さん。

……確かにここまできたら腹をくくるしかない。

ベランダのガーデン側の壁は腰ほどの高さで、ところどころに柵状の隙間《すきま》がある。角度によってはガーデンから丸見えで、ここに長居はできない。

そしてそれ以上に問題なのは時間だ。俺はスマートウォッチで時間を確認する。

式の開始まで——あと30分。

◇

カラララ……。ベランダを通って建物の反対側、集会室まで移動して窓を開ける。

さっき白玉さんを探しに入った広い部屋だ。

室内に身をすべりこませると、そのまま部屋を横切り、扉に耳をあてる。

……外に人の気配はない。ゆっくり扉を開けると、白玉さんを先導して廊下にでる。

廊下は突きあたりで左に曲がっている。

そこからコッソリ顔をだすと、長い廊下が続いていて、数メートル先に下りの階段。

その先には、さっき俺たちが窓から逃げだした控室の並びがある。

階段を降りれば玄関はすぐそこだ。見られるのを覚悟で、一気に走り抜けられる。

問題は階段の前で、中年女性の一団が八奈見《やなみ》を囲んでいることだ。ご婦人、増えてる。

「リコちゃん、ホントに大きくなったわねー」

「まるで別人みたいにたくましくなって。おばさん安心したわ」

……どうやら正体はバレてはいないようだ。と、八奈見と目があう。

その途端、八奈見は視線で俺にメッチャ抗議してくる。こっち見るな。

俺はゆっくりと首を振りながら、自分の背後をチョイチョイと指差す。

――俺の方に向かおうとしていた八奈見が、ピタリと止まる。

状況を分かってくれたのだろう。八奈見は軽く首をかしげるジェスチャーをする。

俺は階段を小さく指差す。しばし、固まる八奈見。

そして八奈見は覚悟を決めるように目を閉じるとそれを開き、

「あの！　せっかくなのでお姉ちゃんのドレス姿、見にいきません?!」

よく通る声でそう言った――自分自身の声で。

一瞬、無言になるご婦人たち。

「あら、リコちゃんどうしたの？　さっきまでの可愛《かわい》い声が急に……」

「そうね。せっかくツワブキに入ったんだから、もっとかしこそうにしないと」

「でも、みのりちゃんのドレス見たいわねー」

再び盛り上がった一行は、八奈見《やなみ》を取り囲んだまま廊下の奥に進んでいく。

階段までの逃走経路——クリア。

俺は白玉《しらたま》さんと頷《うなず》きあうと、急ぎ足で階段に向かう。八奈見、お前の犠牲《ぎせい》は忘れない。

幸運にも階段は無人だ。一気に駆けおりると、そのまま玄関に向か——おうとして、俺は足に急ブレーキをかけた。背中にトン、と白玉さんがぶつかる。

「どうしたんですか、見られても一気に突っきりましょう」

「いやでも——」

俺は身を隠しながらチラリと顔を出す。続いて顔を出した白玉さんが、あわてて身を引く。

「お父さん……っ!」

そう、玄関の前で立ち話をしているのは白玉父。事前に写真を見ていなければ危なかった。

よほど驚いたのか、白玉さんは胸に手をあて深呼吸をしている。

「さすがにお父さんに見られるのはマズいって。いなくなるのを待たないと」

「あっ、はい。分かりました」

……待てよ。さっき白玉父が話していたのは式場の支配人だ。見学会で見た覚えがある。

確か新婦って、式で父親と一緒にチャペルに入るんだよな。

式の開始まであと25分。

つまり白玉父が次に向かうのは――2階にある新婦の部屋だ。

話し声が階段に近付いてくる。

固まる俺たちの耳に、2階から別の話し声が聞こえてくる。

聞き覚えのある若い男性たちの声。式場の従業員がこちらに近付いているのだ。

「部長さん！」

白玉さんが顔を青くしながら、俺の服をつかむ。

……これはマズい。せめて逃げるなら2階だが、その後の逃げ場がない。

白玉さんだけでも、どうにか逃がさないと――。

次の瞬間、震える大声が響き渡った。

「す、すいません！　ねっ、猫がこの中に逃げこみませんでした、かっ！」

――小鞠《こまり》だ。

小鞠の揺れる声が全員の注意をひく。

顔を出して様子をうかがうと、玄関から飛びこんできた小鞠が、周りの制止も構わずに白玉父の前に立ちふさがる。

戸惑いながらも、安心させるように微笑《ほほえ》む白玉《しらたま》父。

「君、おちついて。猫が逃げこんだのかい？　私は見なかったけど、どんな子なんだい」

「そっ、そいつは意地汚くて、目の前の食べ物全部食べちゃう、から！　早く捕まえないと！」

八奈見《やなみ》かな。

だが八奈見猫のインパクトは充分だったらしい。

式場の支配人は、周りの人に声をかけて猫の情報を集めだす。

「あっ！　そ、そっち逃げた！　キ、キッチンに向かった！　捕まえない、と！」

「おやおや、そんなに押さないでくれないか」

小鞠《こまり》は俺たちとは反対方向に、白玉父をグイグイと押していく。

式場の人も、いるはずのない八奈見猫を追ってキッチンに向かう。

——生まれる一瞬の空白地帯。

階上から足音が迫ってくる。

迷っている暇はない。俺は白玉さんの手をつかむと、玄関に向かって一気に走りだす。

ゲストの横をすり抜け、一気に建物から外に出る。

駐車場にいる人たちが、驚く顔を向けてくる。

花嫁姿の女性が、男に連れられて飛び出してきたのだ。

この光景は目立つに決まっているが、構っている場合ではない。

壁沿いに隣の建物との間に向かう――と、白玉《しらたま》さんが俺の手を引いた。

「待って、靴が――」

振り返ると、式場の前に白い靴が片方、落ちている。

取りに戻るか迷った瞬間、式場から従業員が飛び出してきた。

この騒ぎ、さすがに無風とはいかないようだ。

俺は考えるより早く、白玉さんを抱えあげると走りだす。

「部長さんっ!?」

「生垣《いけがき》抜けるから目を閉じて!」

白玉さんをお姫様抱っこしたまま、隣の建物との間に走りこむ。

佳樹《かじゅ》にくらべれば重いが、八奈見《やなみ》を思えば羽毛布団も同然だ。

朝雲《あさぐも》さんが見つけた偶然、開いている生垣の穴に、勢いのまま飛びこむ。

「きゃっ!」

白玉さんの可愛《かわい》らしい悲鳴を聞きながら、俺は足をとめずに走り続けた――。

◇

キリノキ高校演劇部の部室。俺は肩で息をしながら、部屋の天井を見上げた。

逃げのびた……のか？

生垣に飛びこんでからは必死だ。振り返るヒマもなく、とにかく全力で走った。

なんとかここまでたどり着いたが、腕も腰も限界だ。

「……もう降ろしてくれてもいいんですよ？」

「へっ?!」

我にかえると、目の前には白玉さんの顔。俺は慌てて白玉さんを床に下ろす。

「えっとごめん。ケガとかない？」

「はい、部長さんが守ってくれましたから」

周りの気配を探る。近くに人の気配はない。

聞こえてくるのは遠くに響く運動部の掛け声と、管楽器の太い調べ――。

「追っては……こないみたいだね」

「ですね。もう安心です」

白玉さんは手をのばすと、俺の頭についていた葉っぱを取る。

人気《ひとけ》のない薄暗い教室で、ウェディングドレス姿の後輩と二人きり。

俺はなんとなく照れくさくて、頬《ほお》をかきながら一歩下がる。

「さあ、あと15分しかないよ。早く着替えないと」

「でも、せっかく着たのにもったいないですね」

白玉《しらたま》さんは名残惜しそうにドレスを見下ろすと、クルリとその場で回ってみせる。

薄暗い部屋の中、ドレスのスパンコールがキラキラ光る。

「似合います？」

「ええと、それ前も聞かなかったっけ」

「何度でも聞きたいです」

なんか白玉さん、グイグイくるぞ。俺は半ばあきらめて素直に頷《うなず》く。

「あー、よく似合ってるよ」

「似合ってる、ということは？」

前かがみで俺を見上げてくる白玉さん。これは……言わないと終わらないやつだな。

俺は美少女ゲームにはくわしいんだ。

「ああ、可愛《かわい》いって。二度は言わない」

照れながらぶっきらぼうに答えると、白玉さんは予想に反してやけに真面目な顔になる。

そして俺の前に立つと、ゆっくりと両腕を俺にさしだしながら、言った。


「キス──しましょうか」

……はあ、キスですか。

ラブコメだと最終巻で到達するイベントだ。だが最近は1話目ですませる背徳系も——。

へっ?! キス?! するの?! いま、ここでっ?!

俺は自分でも驚くほどの勢いで、後ろに飛びのく。

「白玉《しらたま》さんっ!? 冗談でもそういうのはよくないって!」

「……しないんですか?」

コクリ。可愛《かわい》らしく首をかしげる。

「あ、はい……しないです」

「なーんだ、しないのか」

白玉さんは拍子抜けした表情で、のばしかけた腕を下ろす。

……えっ、待って。本気でする気だったの? 最終巻?

呆気《あっけ》にとられる俺に背を向け、白玉さんは着替えスペースのカーテンに向かう。

「じゃあ私、着替えますね。いい子で式に出てきます」

「……はあ」

いやいや、本気になってどうする俺。あれはただの後輩ジョーク。

真に受けたら、セクハラとか言われて大変なことになるのだ。

一人でウンウンと頷《うなず》いていると、カーテンを開けながら、白玉さんが俺を肩越しに振り向く。

「部長さんって意外と……」

「えっ、なに?!」

思わず声が裏返る俺に向かって、白玉さんはクスリと笑う。

「――意気地なし、ですね」

そう言うと、カーテンの向こう側に姿を消した。

◇

ポーン……。

スマホから聞こえた何度目かの電子音で、俺は眠りの浅瀬から引き戻された。

白玉さんが制服に着替えて姉の結婚式に向かった直後、俺は疲れてソファに倒れこんだ。

記憶がそこで途切れているから、そのまま眠ってしまったらしい。

眼をこすりながら身体《からだ》を起こすと、パサリとツワブキ高校のブレザーが床に落ちる。誰かが俺にかけてくれたらしい。俺もブレザーを着てるから、ブレザーオンブレザーか。

そんなことを思いながらブレザーを拾いあげる。この安心感のあるサイズは八奈見《やなみ》だな……。

スマホを見ると、寝ていたのは1時間にも満たないようだ。画面にあふれる通知を順番に目を通すと、多少のイレギュラーはあったが、作戦は無事終了したようだ。

朝雲《あさぐも》さんと会長は、周辺に仕掛けた機材の撤収に向かっている。

よくは分からんが、電波法とかそのへんの問題で、見つかるとヤバいらしい。

……えーと、このあとどうなるんだっけ。

白玉《しらたま》さんは田中《たなか》先生への恋心を隠したまま、よい子の義妹でいることを決めた。

そして彼女がこのまま入部してくれたら、文芸部も安泰《あんたい》だ。

立ち上がって八奈見《やなみ》のブレザーをラックにかけていると、更衣スペースのカーテンが揺れた。

「温水《ぬくみず》君、いま一人……?」

「あれ、八奈見さんいたんだ。服、かけてくれてありがと」

変な独りごととか言わなくてよかったな。

内心胸を撫《な》でおろしていると、八奈見が静かに呼びかけてくる。

「……ねえ。ちょっとこっち来て」

へ？　カーテンの中に？

「いや、着替え中に入っちゃダメだろ」

「ちゃんと着てるから大丈夫だってば。早くして」

……？　じゃあなんで出てこないんだ。

分からないが逆らうのも面倒くさい。カーテンをめくった俺は、思わず言葉を失った。

そこにいたのは――白玉さんのウエディングドレスを身にまとった八奈見だ。

恥ずかしそうに少し顔を伏せ、白い肩が揺れている。

白玉さんより存在感のある胸元は、ドレスのラインの想定を超えて、こぼれんばかりに主張している。

「えっ、どうしたのその格好――」

「……脱がして」

っ?!　なにこれ、俺は夢でも見てるのか？

夢といっても悪夢寄りの展開におびえていると、八奈見はゆっくりと顔を上げる。

その瞳にうっすらと浮かぶ涙。

「いあやの、他をあたって――」

「気になって着てみたら、脱げなくなったの！　温水君、どうにかして！」

…………はい？

「背中のファスナーがどうやっても下りないんだって！　多分、着たあとでサイズが縮んだんだよ！　よくあるから間違いないって！」

そうか、よくあるのか。悪夢はまだ覚めない。

「分かった。朝雲《あさぐも》さんたちを呼んでくるから、八奈見さんはそこにいてくれ」

「待って、私にこんな生き恥さらせっての?!　みんなには知られたくないんだけど！」

俺ならいいのか。

八奈見《やなみ》はクルリと後ろを向くと、髪をかき上げる。

「早くファスナー下げて。はーやーく」

えぇ……マジか。

正直、気はすすまないが断れる雰囲気ではない。こう見えて俺は空気を読むのは得意なのだ。

左手の指をファスナーの横にそえると、右手でファスナーをゆっくりと下ろ――。

「うわ、パンパンじゃん。ピクリとも動かないって」

「そんなはずないんですけど。温水《ぬくみず》君、非力《ひりき》なんじゃない？」

……こいつ、見捨てて帰ろうか。

とはいえ武士の情けだ。力をこめて、ゆっくりとファスナーを下ろす。

少しずつ増えていく肌色に、俺は微妙に目をそらす。

と、ファスナーが途中で止まり、俺はビクとも動かなくなった。

「どうしたの？　もっとバーッと下げちゃってよ」

「ちょっと待って。なんか下に着てる青い服に、ファスナーかんじゃって……」

「……青い服？」

しばらく考えていた八奈見が悲鳴に似た叫びをあげる。

「ちょっ?!　それブラ――」

へっ⁉　この青いやつ、下着なの？　そういやホックみたいなのが見え隠れしてるぞ。

「マズいって。やっぱ誰か人を呼んでくるから」

「違っ──私、下着付けない派だから！　ブラと違います！」

いや、そっちの方が恥ずかしいぞ。

とはいえ、本人が下着じゃないと言っているのだ。ここで逃げて、意識しすぎだと思われるのもシャクである。俺は覚悟を決めて、悪夢の続きに身を投じる。

「温水君、見ちゃダメだからね！　触るのもダメだよ」

「ああ、俺だって触りたくないし──」

「はっ？　ちゃんと洗濯《せんたく》してますが⁉　触ってもいいから早くしてくださーい」

やだよ。なんで他人の下着なんて触らなきゃいけないんだ。

だけどこのままじゃ、らちがあかないぞ。

「そうだ八奈見さん。バターかマーガリン、持ってないか」

「へっ、なに？　私を食べるつもり？」

食べません。俺を八奈見かなんかだと思ってるのか。

「ファスナーに塗って、すべりをよくするんだって。でもさすがにバターなんて──」

「あ、バターならカバンに入ってるよ」

なんでだ。しかしいまは突っこんでる場合じゃない。

八奈見《やなみ》バターの力を借りて悪夢から覚めたのは、それから間もなくのことだった。

◇

……疲れた。白玉《しらたま》さんの件の3倍は疲れた。

グッタリとソファに身をうずめる俺の横に、制服に着替えた八奈見がボスンと腰を下ろす。

「…………汚《けが》された」

人聞きが悪い。どちらかというと、汚されたのは俺の方だ。

八奈見はしばらく胸元のリボンをいじっていたが、ため息交じりに口を開く。

「白玉さんをどうやって説得したの？」

「どうって――」

「あの子、なにかしでかす気だったでしょ？　それがあんな素直に引き下がるなんて、なにがあったのよ」

別になにがあったわけではないが、人に言えるようなことじゃないしな……。

俺は言葉を選びながら口を開く。

「ええと、強いて言えば――今じゃないって、気付いてもらえたのかな」

「……？　先送りみたいなこと？」

「まあ、そんなとこ」

——先送り。結論をだすことだけが解決じゃない。

いまは出ない答えが出る瞬間。それは来年かもしれないし、明日かもしれない。

その時がきても気付かないかもしれなくて、そんなころには、いま抱えているものなんて、ただの思い出だったりするのだ。

俺は今の自分を信じない。

だから今から続く未来に絶望もしないし、期待をしすぎることもない。

白玉さんはいつか田中《たなか》先生を寝取るかもしれないし、新しい恋をするかもしれない。

なるようになるし、なるようにしかならない。

人が責任を持てるのなんて、目の前の自分だけだ——。

物思いにふける俺を、なぜか八奈見がジト目で見ている。

「え、なに?」

「……温水《ぬくみず》君、雰囲気につけこんで白玉ちゃんに変なことしてないでしょうね」

「そんなこと——」

言いかけた俺は、白玉さんの深く引き込まれるような瞳を思いだす。

——キスしましょうか。

ほんの気まぐれ。本気にしたら痛い目にあう。それが白玉《しらたま》リコという女だ。

「やっぱりなんかあったんだ！　手を出したの？　マジで？」

「いや出してないって。ちゃんと断わったし――」

「はい?!　どういうことそれ?!」

しまった、口をすべらせた。八奈見《やなみ》は鬼の形相で俺のネクタイをつかむ。

マズい、このままじゃ俺は後輩に手を出す悪い男だ。

なんと言い訳しようか迷っていた俺は、視線を感じて教室の扉に視線を送る。

そこには朝雲《あさぐも》さんと会長の二人の姿。呆《あき》れながらのニヤニヤ顔で、俺たちをながめている。

「「ごちそうさまです」」

口をそろえて言う二人に向かって、俺と八奈見は慌てて言いかえす。

「「違うから！」」

エピローグ　1年F組　白玉《しらたま》リコ

あれからもう5日がすぎた。いま思えばずいぶんと無茶をしたものだ。

波風立てず目立たずに。それが信条だった俺の学園生活。

それが2年生の最初からこんなことになるなんて——。

そんなことを思いながら、自宅の玄関横に自転車を止める。


——2週間の仮廃部。


それが文芸部に下された処分だ。

バレずになんとか切り抜けたと思っていたが、小鞠《こまり》のことを忘れていた。完全に忘れてた。

小鞠は俺たちを逃がすために式場に乱入したが、さすがに多少の騒ぎになったらしい。

白玉さんにサプライズのために頼まれた——そういう筋書きで式場は許してくれたが、その場にいたツワブキの先生的には、そうもいかなかったようだ。

ちなみに仮廃部がなんなのか俺には分からない。誰一人分からない。

「ただいまー」

言いながら玄関の扉を開けると、いくつも並んだ靴を見て溜息をつく。

俺は重い足を引きずりながら、リビングの扉を開ける。

「温水《ぬくみず》君、おそかったね」

「は、反省しろ」

……リビングのテーブルを囲んでいるのは、文芸部の連中だ。

仮廃部で部室が使えないので、なぜか俺の家がたまり場になっているのだ。

と、駆け寄ってきた白玉さんが俺のカバンを手にとる。

「部長さん、お疲れ様です。今日はみなさんが私の歓迎会をしてくれるんですよ」

「そうなんだ。あ、上着は自分で脱ぐって」

「遠慮しないでください。はい、ハンガーにかけておきますね」

そう――白玉リコは正式に文芸部に入部した。

力を合わせて計画を成功させ、すっかりキズナが深まったのだ。

「先輩風が吹いてまーす。風速５ｍを超えましたー」

「と、飛ばされろ」

八奈見《やなみ》と小鞠が俺にヤジを飛ばしてくる。

勘違いしないでほしいが、これはキズナが強まったからこその軽口なのだ。

だから小鞠が、俺が本棚の裏に隠してた漫画を読んでいるのも、八奈見が俺のプリンを勝手に食っているのも、固いキズナゆえである。間違いない。

「あ、ぬっくんも帰ってきたんだ。お帰りー」

髪をタオルでふきながらリビングに入ってきたのは焼塩《やきしお》。学校からの距離がウォーミングアップにちょうどいいらしく、ここんとこ顔を出しているのだ。

それはいいが、俺の家でシャワーを浴びるのはやめてほしい。モヤモヤするので。

白玉《しらたま》さんが麦茶の入ったグラスを渡す。

「焼塩さん、はいどうぞ」

「ありがと、玉ちゃん！」

焼塩は麦茶を一気飲みすると、八奈見《やなみ》たちがいるダイニングテーブルに座る。

なんとなく近寄りがたくてソファに腰を下ろすと、背後から甘い香りが漂ってきた。

「みなさん、チーズケーキが焼きあがりましたよ」

ホールのケーキを手にキッチンから佳樹《かじゅ》が現れた。

八奈見の歓声を聞きながらスマホに目を落とすと、小抜《こぬき》先生からメッセが届いている。

……今回の仮廃部については、小抜先生がずいぶんと手を回してくれたらしい。

本来なら廃部になってもおかしくないところ、式に出席していた双方の学校の関係者に小抜先生の関係者がいたのが、不幸中の幸いだったらしい。

くわしい話はあえて聞いていない。怖いので。

「先生にはあらためてお礼を言わないとな……」

それはそれとして、小抜先生からのメッセは『家庭訪問』の提案だ。

なるほど、文芸部の顧問として仮廃部中の俺たちの様子が気になるのか。

よし、断りの返事をしてから俺もケーキを食べるとしよう。

猛然《もうぜん》と返事を打ちこんでいると、画面の上からメールの着信通知がすべりこんできた。

……あれ、白玉さんからだ。

メールには添付ファイルが一つ。タイトルからすると小説のようだ。

「温水《ぬくみず》君、早くこないとケーキなくなっちゃうよー！」

「あとで行くから、先に食べてて」

俺は八奈見にそう答えると、白玉さんから送られたファイルをクリックした。

◇

文芸部活動報告　～白玉リコ　『夕暮れ長屋の始末人』

江戸城外郭の筋違見附《すじかいみつけ》から、八ツ小路を南に下ると、日本橋の魚河岸《うおがし》へと続いている。

その大通りから離れた裏長屋の一室で、男が一心に刷毛《はけ》を動かしていた。

番傘《ばんがさ》の骨に、蕨《わらび》と柿渋《かきしぶ》を混ぜた糊《のり》を塗《ぬ》っている。

まんべんなく塗り終えると、息をとめ、油紙を慎重《しんちょう》に貼っていく。

そうして貼りつけた油紙を見つめると、男は小さく頷《うなず》いて再び刷毛《はけ》を手に取った。

その矢先、暗くなりはじめた空に、鐘《かね》の音が響く。

暮れ六《む》つ（午後6時）。本石町《ほんごくちょう》の時《とき》の鐘だ。

最近は油も高い。手元が見えずに仕損《しそん》じては一大事と、男は刷毛を置く。

「雄之助《ゆうのすけ》さん、開けますよ」

言うが早いか腰障子《こししょうじ》の戸を開けたのは、髪を結綿《ゆいわた》に上げた小柄な娘。

年のころなら15、6。形のいい唇《くちびる》をツンととがらせ、土間《どま》に足を踏み入れる。

「お鈴《りん》ちゃん、いいところにきた。素寒貧《すかんぴん》で困ってたんだ」

お鈴はその言葉に表情一つ変えず、土間から一段上がったところに腰を下ろした。

そして壁際《かべぎわ》に積まれた番傘を一つ一つ開いて確かめる。

「はい、三本たしかに頂きました」

お鈴は番傘を風呂敷《ふろしき》に包むと、代わりに一朱銀《いっしゅぎん》を一枚置いた。

「あれ、ずいぶん渋《しぶ》くはないかい。ほうぼうにツケが溜《た》まっているんだよ」

「このあいだ前借《まえが》りしたでしょう。その分を差し引きました」

冷たく答えたお鈴だが、雄之助の表情に捨て置けなくなったらしい。

縮緬《ちりめん》の巾着袋《きんちゃくぶくろ》から一朱銀をもうひとつ取りだして、そっと置く。

「今回だけですよ」

「ありがたい。これでようやく米が買える」

お金を袂《たもと》に入れると、雄之助は様子をうかがうようにお鈴の顔をのぞきこむ。

「お鈴ちゃん、どうかしたのかい」

「算術《さんじゅつ》を教えにきてくれる約束、もう忘れちゃったんですか」

拗《す》ねたようにつぶやくお鈴。雄之助は困ったように頰《ほお》をかく。

「……僕が白田屋《しろたや》の敷居《しきい》をまたぐのは、やめたほうがいい」

「どうして？　お姉ちゃんのことなら、もう」

言いかけたお鈴は、唇をかんで顔を伏せる。

……かつて雄之助は、白田屋に婿養子《むこようし》として入ることになっていた。

白田屋は照降町《てりふりちょう》で傘や下駄《げた》を商《あきな》う大店《おおだな》で、継《つ》ぐ知行《ちぎょう》もない三州武士《さんしゅうぶし》の四男としては、願ってもない話であった。

お鈴も雄之助が義兄《あに》になることを疑ってもいなかった――姉の美野《みの》が命を落とすまで。

「白田屋みたいな大店に、僕の居場所があるものか。前の話だってあまりにできすぎだ」

「大店なんて名ばかりよ。本物の大店に屋号《やごう》入りの傘を卸《おろ》して、どうにかしのいでるんだから」

お鈴は大人びた口調で言うと、風呂敷の包みを胸に抱く。

「……私のお婿《むこ》さんの話が出ているの。榊屋《さかきや》の三男坊《さんなんぼう》だって」

雄之助《ゆうのすけ》は思わず息を呑《の》む。お鈴《りん》とは15も離れていて、まだ子供だと思っていた。それがもう、婿をもらう年頃とは——。

「そうか、うまくいくといいな」

榊屋は日本橋の呉服屋《ごふくや》だ。

最近、御用商人《ごようしようにん》として羽振《はぶ》りがいいと聞く。婿にとるには申し分のない相手だ。

雄之助の素《そ》っ気《け》ない返事を聞くと、お鈴は静かに立ちあがる。

「……明日、次の材料を届けさせるわ。遅れないでね」

無言で頷《うなず》く雄之助を残し、お鈴はその場から立ち去った。

雄之助はしばらく開け放たれたままの障子戸を眺める。

自分の中では、美野《みの》は3年前の姿のままだ。

そして自分自身の時間も、その時点で止まっているのだ。

「へえ、お鈴ちゃんが婿をとるのか」

言いながら若い男が戸をくぐって入ってきた。

担《かつ》いでいた小さな煙草箪笥《たばこだんす》を土間に下ろすと、胸元から煙管《キセル》を取りだす。

「温蔵《ぬくぞう》、聞いてたのかい。趣味が悪いな」

「おんぼろ長屋で秘密話をしようたあ、無理ってもんだ」

煙草売りの温蔵は煙管に火を点《つ》けると、美味《うま》そうに煙を吐く。

「榊屋の三男坊といったら、昔から素行《そこう》が悪くて有名だぞ」

「そうなのかい」

雄之助は興味なさそうに言いながら、傘張りの道具を片付けはじめる。

「周りも困って、性根《しょうね》を叩《たた》き直そうと剣術道場に預けたら、かえって悪い連中とつるみだしたって噂《うわさ》だ。白田屋《しろたや》の旦那《だんな》も、よりによってまずいのをつかまされたもんだ」

片付けの手が完全に止まっている。温蔵は肩をすくめると、片手を差しだす。

「元同業者のよしみだ。調べるなら安くしとくぞ」

「貧乏人から金をとるのかい」

雄之助は言いながらも袂《たもと》を探ると、一朱銀《いっしゅぎん》を温蔵に差しだす。

「まいど。残りはツケにしといてやる」

金を受け取ると、温蔵は煙草箪笥を担いで立ち去ろうとして、雄之助を振り返る。

「どうだい、あんたも戻らないか。刀の血はそうしてたって消えやしないぜ」

首を横に振りながら、雄之助は壁に立てかけた大小を指差す。

「刀も、とうに質《しち》に流れた。そこにあるのは竹光《たけみつ》だ」

「そうか。それにしちゃあ、あんたの目つきはあのころのままだ」

言い残すと、温蔵は音もなく姿を消す。

……それからどれだけ経《た》っただろう。

温蔵《ぬくぞう》の気配が消えたのを確かめると、雄之助《ゆうのすけ》は古びた畳を持ち上げる。

その中から取りだしたのは刀だ。

三川国兼継《みかわくにかねつぐ》。国を出るとき、父からもらった一振りだ。

柄《つか》を握ると、使いこんだ鮫皮《さめがわ》が吸いつくように手になじむ。

二度と使わぬと決めている。いや、決めていた。

「……忘れられぬものだな」

芝居《しばい》じみた独り言を吐きながら、自分の時が動きだしたのを、はっきりと感じていた。

◇

時代小説ってやつだろうか。思った以上によく書けている。書けてはいるが、登場人物の名前と設定には、つっこまない方がいいよな……なんか怖いし。

「私の小説、読んでくれたんですね」

ふと聞こえてきた耳元の声。驚いて振り向くと、そこには白玉《しらたま》さんが立っていた。

「いつからいたの?」

「さあ、いつからでしょう」

白玉さんはソファの前に回ると、俺の隣にふわりと座る。

「私の初めては部長さんに読んでもらいたかったから、嬉しいです」

――この女、ワザと言っている。

立ち振る舞いにワードのチョイス、この女はすべて計算づくなのだ。

分かってる。全部分かっているからこそ、あえて転がされるのが大人の対応だ。

今日の白玉さんがミルクみたいな甘い匂いがするのも、いつもより少しだけスカートが短いのも、全部分かっているんだぞ。さあ、俺をぞんぶんに転がすがいい。

俺の覚悟とは反対に、白玉さんは不意にしんみりした口調で話しだす。

「……あの日、とても素敵な結婚式でした」

いつもの笑顔も忘れて、ただ幸せそうに微笑《ほほえ》んで。

「お姉ちゃんもお義兄《にい》さんも本当に幸せそうで。私、それを見て心の底から嬉しくて――」

背後のテーブルでは、佳樹《かじゅ》がみんなに紅茶を注いでまわっている。

白玉さんはそちらにチラリと視線を送ってから、俺の耳元で囁《ささや》くように呟《つぶや》いた。

「部長さんが逃げなかったら、もっと嬉しかったんだけどな」

……転がされた。

とはいえ誤解しないでほしい。部長として傾聴《けいちょう》の姿勢をしめしただけで、本気で心奪《うば》われたわけではない。

ないが、可愛《かわい》い新入部員にこんなんされれば、多少は心揺れるのもしかたないのだ。

「あ、そういえばお姉ちゃんの写真を見ますか？」

白玉《しらたま》さんはドキドキする俺を知ってか知らずか、スマホの画面を見せてくる。

そこには——ウエディングドレス姿の白玉姉と、タキシードの田中《たなか》先生。

白玉さんによく似た雰囲気を持つ彼女は、長い裾《すそ》のドレスに身を包み、田中先生に寄りそうように立っている。そしてその手には白いブーケが——。

「え、これって」

写真の中で田中みのりが手にしているのは、白玉さんが部室で作っていたブーケだ。

式場に残して逃げたはずが、どういうわけか白玉姉の手にある。

えっ、つまり白玉姉にはバレてたってこと……？　どこまで？

驚いて顔を上げると、白玉さんの瞳とぶつかる。

「お姉ちゃんには勝てませんね。この先、手ごわそうです」

そう言って、笑う。

クスクスとひととおり笑うと、白玉さんは急に真面目な顔になる。

「……部長さんといると落ち着く理由が、少しだけ分かりました」

「へ？　落ち着く理由って——」

間抜けなオウム返しをする俺に、白玉さんは目元にわずかに笑みを浮かべる。

「近所の空地にススキが生えてて。小さな頃よく、3人でかくれんぼしてたんです。秋になってススキが枯《か》れると、お義兄さんの匂《にお》いがするって、姉と笑いあって」

白玉さんはさりげなくスンスンと鼻を鳴らす。

「部長さんはそれと同じ匂いがして――とても落ち着くんです」

……え、俺枯れススキと同じ匂いがするんだ。死ぬのかな。

「お姉ちゃんもお嫁にいっちゃって。お義兄さんにも甘えられなくなっちゃったから、なんだかさみしいなって。だから」

白玉さんは指先を俺のひざにそっと乗せると、耳元に顔を寄せてくる。


「――部長さんが私のお兄ちゃんになってくれたら、嬉しいなって」


お姉ちゃんプレイの次は妹プレイか。確かにお兄ちゃんなら慣れているけど……。

その瞬間、俺の背筋《せすじ》を氷が這《は》うような寒気が走った。これは――殺気！

「……お兄様、紅茶はいかがですか？」

「っ⁉」

いつの間にか背後にいた佳樹《かじゅ》が、カップとティーポットを手に立っていた。

身体は冬のように寒いのに、額から汗がひと筋、流れ落ちる。

「え、えーと……せっかくだからもらおうかな」

震える手でカップを受けとると、佳樹《かじゅ》はやけに高い位置から紅茶を注ぎだす。

綺麗《きれい》に弧を描く紅茶の軌跡。湯気があたりに、もうもうとたちこめる。

そして紅茶がカップからこぼれでようとする寸前で、ピタリと止まる。

「さあ、お兄様。熱いうちに召しあがってください」

「あ、はい。召しあがります……」

表面張力でこぼれずに済んでいる紅茶に、恐る恐る口をつける。

さっきまであんなに湯気が立っていたのに、なんでこんなに冷たいんだろ……？

震えながら冷たい紅茶をすすっていると、白玉《しらたま》さんが笑顔で佳樹に話しかける。

「佳樹ちゃんってお兄さん想いなんだね。私もこんなお兄ちゃん、欲しかったな」

「それは残念です。お兄様の妹は佳樹だけですが、気を落とさないでくださいね？」

「そうだね、いまのところは後輩で我慢かな」

「はい、末永く我慢してください」

「ふふ、佳樹ちゃんって可愛《かわい》いなー」

ニコニコニコ。笑顔で見つめあう二人。

微笑《ほほえ》ましい光景のはずなのに、なんでこんなに手が震えるんだ……？

そうだ、空気を読まないあいつらなら、この状況を打破してくれるはず。

助けを求めて視線を送ると、連中は部屋から出ていこうとしているところだ。

「ちょっ、みんなどこ行くの?!」

「温水君《ぬくみず》、私お腹《なか》空いたからコンビニ行ってくる！」

「あたし、そろそろ練習に戻るね！」

「ぬ、温水、マンガの続き、買っとけ」

そう言い残すと、手を振って部屋を出ていく三人娘。あいつら、逃げやがった。

絶望する俺の膝に、佳樹がポスンと座る。

それを見て白玉さんがにこりと微笑む。

「部長さんと佳樹ちゃんって、とっても仲良しなんですね」

「はい、とっても仲良しです。ね、お兄様？」

「え、あ、はい……」

俺は紅茶の表面を見つめたまま、ぎこちなく呟《つぶや》いた――。


1年F組、白玉リコ。

少しばかり独特な、五人目の文芸部員。

新生文芸部の一年間は、こうして幕を開けたのだ。

あとがき

温水《ぬくみず》君たちも無事に進級し、2年生の日々が始まりました。

可愛《かわい》い新入部員も加わり、にぎやかさを増していく文芸部のこれからをお楽しみに！


今回もいみぎむる先生、担当の岩浅《いわあさ》氏には大変ご迷惑をおかけしています。（現在進行形）

原稿がもっと早くビシッと決まっていれば……反省です。

そして、この巻が発売される頃には、アニメ放送が始まっているかと思います。

最高のスタッフによる最高のアニメが、世界に流れる――。

2万円の中古ノートパソコンの中で生まれた物語が、読者の皆様と最高峰のクリエイターの皆様の力により、大きく羽ばたいていくのを見るのは感無量です。

ちなみに、いまでもそのパソコンで原稿を書いています。

メイドインジャパンは健在ですね。


アニメの脚本会議にはリモートで参加させて頂いてましたが、一流のプロが集まる現場に素人が混じって、ご迷惑をおかけしていたかと思います。

そんな中でも辛抱強く話を聞いてくださり、原作を最大限に尊重して頂きました。

ポンコツ原作者の介護もしながら、神アニメを作りあげた関係者の皆様には、感謝してもしきれません。

そして……ここで一つ、告白をしなくてはなりません。

受賞前、私が好きだったラブコメ漫画が、素晴らしいアニメ化をしたんです。

それを見ながら「いつかこんな人たちにアニメを作ってもらえたらな……」と、夢想していたのですが、そのアニメを作っていた人たちが――マケインアニメを作っているチームの皆様だったんです。

そんなこと本当にあるのかって？　あったんです。

多分私は前世で魔王とか倒したんだと思います。『アマモリならそうした』と言われまくっているに違いありません。

世界を救った貯金は使い切ったので、来世はミジンコでも悔いはありません。

さらに、アニメの放送が終わってもＢＤの発売やイベントなどが続きます。

そうです、この言葉を使う日が来ました。

お楽しみはこれからだ！

似たものどうしはまじわらない

権藤《ごんどう》アサミ。桃園《ももぞの》中学3年生。

世間一般で受験生と呼ばれる立場になった彼女は、休日に豊橋《とよはし》駅近くの『まちなか図書館』を訪れていた。

志望校を同じくする友人と勉強会——のはずだったが、二人は早くも下の階のカフェに移動していた。友人の温水佳樹《ぬくみずかじゅ》が、溜息をつくばかりで勉強どころではなかったのだ。

「ヌクちゃん、お兄様になにかあったのかん？」

そう切りだすと、佳樹は驚いたように目を丸くした。

「すごい！　ゴンちゃん、なんでお兄様のことだって分かったの？」

ゴンちゃんは微笑《ほほえ》みで返事をすると、ポットからハーブティーをカップに注ぐ。

このお茶に使われているハーブはここの屋上農園で作ったもので、最近のお気に入りだ。

「なにがあったか知らんけど、言ってみりん」

「それがね、お兄様がいる文芸部に新入部員が入ったの」

佳樹はストローに口をつけ、みかんジュースを一口飲む。

「よかったじゃんね。こないだまで、見学者が全然来ないって言ってたら？」

「うん、入ってくれたこと自体は嬉しいんだよ？　でもね、でもあの人は……」

佳樹は深く長い溜息をつく、

「――お兄様のパートナーにはふさわしくないと思うの」

ハーブティーのカップに伸ばしたゴンちゃんの手がとまる。

新入部員の話をしていたはずが、どうしてお兄様のパートナーの話になるのだろう。

「その人とお兄様、お付きあいでも始めたの？」

「二人は付きあってないよ！」

ガタン。音をたてて立ちあがる佳樹。

まわりの視線に気付くと、佳樹は気まずそうに腰を下ろす。

「……佳樹はお兄様に素敵なパートナーができることに、反対なんてしないよ？　むしろ応援してるもん」

「じゃあ、他の部員と付きあってもいいのかん？」

佳樹は笑顔で頷《うなず》く。

「うん、もちろん祝福するよ。焼塩《やきしお》さんは明るくてお綺麗《きれい》だし、小鞠《こまり》さんは知的で家庭的なの。八奈見《やなみ》さんはご飯を美味《おい》しそうに食べるし」

ハーブティーの香りをかぎながら、ゴンちゃんが首をかしげる。

「ほいで、なんでその新入部員はいかんの？」

「それは……」

佳樹《かじゅ》は両手でグラスを握ると、ゆっくりと首を横に振る。

「――あの人は佳樹とかぶってる気がするの」

かぶってる。現実では聞き慣れない概念の登場に、ゴンちゃんは一口、ハーブティーを飲んで心を落ちつかせる。

「そっかー……かぶっとるんか……」

ようやくそれだけ口にすると、佳樹は当然とばかりに大きく頷《うなず》く。

「お兄様には、すでに佳樹がいるでしょ?」

「いるのかん?」

「いるんです」

佳樹はゴホンと咳払《せきばら》いをする。

「部屋にベッドがあるのに、もう一つ買ったりはしないでしょ? 佳樹がいれば、その人は必要ないんです」

「ヌクちゃんは妹で、その人は後輩だでね。かぶってもかまわないら?」

佳樹は抗議するように口をとがらせる。

「ゴンちゃん、そういう話じゃないんだよ。つまりね、あの人でいいなら佳樹でも――」

「ヌクちゃん！　はい、あーん」

これ以上はいけない。

ゴンちゃんはデザートの牛乳プリンをひと匙《さじ》すくうと、佳樹の口に入れる。

「ど美味《うま》いら？」

「とっても美味《おい》しい！　使ってる牛乳が違うのかな？」

「今度、お兄様に作ってあげたらいいじゃんね」

「うん、チャレンジしてみるね。佳樹もそれ買ってくる」

立ち上がるとレジに向かう佳樹。その背中を見ながら、ゴンちゃんはホッと息をつく。

似たもの同士は、かえって反発しあうという。

それを越えれば、意外と二人は気が合うのかもしれない。……知らないけど。

ゴンちゃんは2杯目のハーブティーの香りをかぎながら、まだ見ぬ文芸部の新入部員に思いをはせた。

GAGAGA

ガガガ文庫

負けヒロインが多すぎる！7

雨森たきび

発行　2024年 7 月23日　初版第1刷発行
　　　2024年11月30日　　第5刷発行

発行人　鳥光 裕

編集人　星野博規

編集　岩浅健太郎

発行所　株式会社小学館
〒101-8001 東京都千代田区一ツ橋2-3-1
［編集］03-3230-9343　［販売］03-5281-3556

カバー印刷　株式会社美松堂

印刷・製本　TOPPANクロレ株式会社

Printed in Japan　ISBN978-4-09-453197-8